Thomas W. Hanshew

THE RIDDLE OF THE FROZEN FLAME

火焰冰封的
迷宫

〔美〕托马斯·W.汉肖 著　鲁锡华 胡素芬 译

人民文学出版社
PEOPLE'S LITERATURE PUBLISHING HOUSE

图书在版编目(CIP)数据

火焰冰封的迷宫/(美)托马斯·W.汉肖著;鲁锡
华,胡素芬译. —北京:人民文学出版社,2024
ISBN 978-7-02-018329-6

Ⅰ.①火… Ⅱ.①托… ②鲁… ③胡… Ⅲ.①长篇小
说-美国-现代 Ⅳ.①I712.45

中国国家版本馆 CIP 数据核字(2023)第 231811 号

责任编辑 胡司棋 张玉贞 傅 钰
封面设计 钱 珺

出版发行 人民文学出版社
社 址 北京市朝内大街 166 号
邮政编码 100705

印 刷 山东新华印务有限公司
经 销 全国新华书店等

字 数 140 千字
开 本 890 毫米×1240 毫米 1/32
印 张 6.625
版 次 2017 年 5 月北京第 1 版
印 次 2024 年 1 月第 1 次印刷

书 号 978-7-02-018329-6
定 价 49.00 元

如有印装质量问题,请与本社图书销售中心调换。电话:010-65233595

● 目 录

第一章　律法与奇案

伦敦警察厅的警长麦弗瑞克·纳克姆先生面前的办公桌上杂乱地堆放着文件，他坐在那儿，眉头紧锁，肥胖的脸上因焦虑而涨得通红，一副束手无策的样子。

他看着对面的男士，用力咬了咬下唇。

"真该死，克里克！"这已经是他第三十三次发牢骚了，"我一点办法也没有了，真的！像是进了死胡同。早上，哈蒙德向我报告，亨顿又有一家规模不大的银行被盗，这已经是本周的第三起了，和之前一样，黄金悉数被盗，但纸币和债券碰都没碰。盗贼，或盗贼们，手段如此干净利落，闻所未闻。告诉你吧，伙计，一般人非急疯了不可。整个伦敦警察厅都在调查这个案子，但到现在还没有任何突破。你怎么看，老伙计？"

"这是我见过的最棘手的案子，"克里克回答，同时耐人寻味地笑了笑，"我都有点暗暗佩服案子的幕后主使了。他一定在看伦敦警察的笑话呢，现在我们连个线头儿都没有，更谈不上线索！说实话，现在我也没有什么头绪。但是，振作点，伙计，我刚去了趟作战部，得到一条消息，可能会对此案有所帮助。"

纳克姆先生急切地擦了擦额头。克里克知道，当他神经高度紧张的时候，就会这样。

"快说，老伙计！只要有助于破案，什么消息都可以。你从作战部得到什么消息？"

"很多有用的消息，我在那帮官僚那儿费了好多事才搞到的，"克里克说，脸上依然带着笑容，"最重要的是，在比利时发现了大量英国的黄金，纳克姆先生，还牵涉到数家大型电力公司，它们和当地有业务上的往来。这是军情六处监听到的，而我得到的是第一手资料。现在我突然觉得这两件事一定有某种联系。这些盗窃案都说明一点：黄金是要运往国外的。现在给我详细讲讲最近的这起盗窃案。你就快说吧，我洗耳恭听。"

纳克姆先生就噼里啪啦地说起来。他性格温和，个子不高，圆滚滚的，跟人们印象中的警察相比，有点偏胖，但他也像很多胖子那样，脚步轻盈。

克里克则和他形成了鲜明的对比。肩膀宽阔，衣着入时，跟他在一起，谁都觉得脸上有光。他直直地昂着头，五官精致，活像一只鹰。耳朵紧贴脑袋，相隔不远，双手修长，保养得很好。至于他的年龄——这个，就像他本人一样，让人难以捉摸。今天，他可能是三四十岁的中年人——明天，他就可能是十九岁的青年。这是他与生俱来的能力，另外，他还会易容术，瞬间就能完全改变模样。历史上至少有一个臭名昭著的罪犯也有这种超能力。

他坐在那儿，把玩着手杖，手柄是银质的，手杖夹在两腿间，头向一边微微倾斜，整个人显得彬彬有礼，耐心而饶有兴致。但纳克姆先生知道，这是克里克注意力高度集中的表现，这点很特别。他也不绕弯子，开始一五一十地介绍起案情来。

"事情是这样的，克里克，"他边说边用钢笔敲着记事本，墨水像黑玉珠一样四溅开来，"据我们所知，这至少是两周内的第九起案件了。第一起发生在帕莱一个小支行，失窃的金币有数百镑；第二起是在派克汉姆的郊区，你也知道；第三起在哈罗；第四起在福里斯特希尔附近；第五起是在克洛伊登。还有几起发生在东伦敦，比如阿纳莱和萨顿。最近的这起发生在亨顿，时间是上周六夜间——那是十六日，对吧？没有人注意到什么不寻常的事，只有一个目击者，说他晚上九点半的时候，看到一辆汽车停在银行外面。他也没多想，觉得或许是个巧合，想着大概是银行经理来取落在办公室的东西吧。"

"那，经理不住银行上面的话，他住哪里呢？"这时克里克插进来说。

"跟家人住在一起，离银行有点距离。一对从银行退休的老夫妻负责看门，两人各方面都很可靠——贝克先生是这么说的。但他们都坚称当晚没听到什么动静，也没有发生什么不寻常的事情。"

"但的确有人闯入银行，盗走了黄金，"克里克平静地补充道，"然后呢，纳克姆先生？怎么做到的呢？"

"噢，就是惯常的手段。很明显，盗贼先用万能钥匙打开银行的门，然后用硝化甘油炸药炸开了保险柜。什么都完好无损，只有黄金不翼而飞了——足足有七百五十镑。至于是谁在捣鬼，他们是何方人士，我们现在一无所知。"

"嗯，有指纹吗?"

纳克姆先生摇了摇头。

"没有指纹。盗贼都戴着橡胶手套，也就是说，这是盗贼留给我们的唯一的线索。橡胶手套都有一股味儿，特别是新的，现在保险箱把手以及邻近物品上都还残留有那种气味。因此，我们推断，他们用了橡胶手套，不会留下指纹，克里克。"

"嗯，这推断很有价值，"克里克回答，勉强地笑了笑，"也就是说你们现在没有任何线索。可怜的纳克姆先生! 惩恶扬善伸张正义这条路可不是那么好走的，对吧? 当然，我会尽全力帮助你的。这点毫无疑问。作战部的消息说英国的黄金出现在比利时，我总觉得这跟银行盗窃案有关。这两件事总在我的脑子里纠缠在一起，最后好像变成了一码事……请问，外面是哪位?"这时传来了敲门声。

"你有客人，我回避一下。我想再深入调查一下这个问题。盗贼无论如何都会留下线索的。人们成功后往往会变得大意，如果他们认为伦敦警察觉得这个差事不好做，想放弃，那他们就不会特别细致地清理现场。不用担心，我们会破案的。"

"但愿如此吧，老伙计!"纳克姆先生略带自嘲地说，话里透着沮丧，然后喊道，"请进!"皮特里推门进来，一本正经，站得笔直。

"你帮了我很大的忙。只是见见你，我已经受益很多了。有什么事，皮特里？"

"有位先生想见您，先生，"这位警官爽快地回答，"一位姓莫里顿的先生，他说他是奈杰尔·莫里顿爵士，看起来像个有钱人，特别想见您，长官，还提到了克里克先生。不过我告诉他克里克先生不在。要让他进来吗？"

"做得好，皮特里。"克里克笑着说，对这位警察厅的下属的做法表示赞许；因为所有人都要尽力掩饰克里克的身份。"你要不介意，我就留下来，纳克姆先生。我碰巧对这位莫里顿先生有些了解，是个诚实可靠的年轻人，之前和罗恩小姐是很好的朋友，当时老霍克斯利还在呢。没记错的话，这家伙最近刚继承了家产。他的叔叔五六年前突然失踪了，现在法定时间已过，就承袭了自己的那份。事情发生的时候，可是轰动一时，大报小报接连报道了一周，但再也没有老头的行踪。现在，小莫里顿就在外面，继承了爵士头衔，另外还是塔楼庄园的主人吧——那里可够阴森恐怖的。不用说出我的姓名，老伙计，我就想听听他怎么说。可以的话，我就到窗边看报纸了。"

"好的。"纳克姆先生费力地穿上外套——在办公室他通常都不穿。然后，他让人请莫里顿先生，皮特里就出去了。

莫里顿到之前，克里克稍微"变"了一下脸和穿戴，刚刚还是一本正经的贵族范儿，现在是一个外表普通、弯腰曲背，甚至有点猥琐的摊贩形象了。

"好了。"克里克说，纳克姆先生敲了下桌上的铃铛，门应声打开，皮特里走进来，后边紧跟着年轻的奈杰尔·莫里顿爵士，他的脸轮廓分明，显得冷酷无情，双唇紧闭，令人生畏。

就这样，克里克认识了案子的主角，后来案子的发展证明这是他办案生涯中见过的最不寻常的案子之一。一点都看不出来，奈杰尔爵士，衣着考究的花花公子，会是这出离奇戏剧的中心人物，但事实确是如此，这就是后话了。

他明显看起来有点不安，但来找纳克姆先生的人都很焦虑不安；任何人，只要和罪行沾边，都或多或少有些情绪激动。从这点看来，奈杰尔爵士和警长的其他访客并无两样。

纳克姆先生朝年轻人友好地点了点头，后者表示想见克里克先生，他听说过很多关于他的传奇故事。纳克姆先生盯着年轻人的后背，用遗憾的口气说克里克因为政府公务出去了，并问他有什么可以效劳的。他用手指了指克里克说，这是他的助手，如果奈杰尔爵士有困难，他会尽力帮助的。

奈杰尔爵士的故事很长，而这个年轻人又太焦虑不安，没办法讲得条理清晰，那我们就先把时间往回拨一段，来讲述这个非比寻常的故事。在警长办公室里，奈杰尔爵士对纳克姆先生和他的无名同事讲述了故事的细枝末节。就这样，伦敦警察厅的克里克卷入了这桩奇案，该案后来被称作"冰封火焰之谜"。

奈杰尔讲的家族史，很多是克里克知道的。对周围的人和事了解之多，已经成了克里克的代名词，那部分历史也挺传奇，所以还是要告诉大家，但这就要带各位读者回到这次拜访的几个月前。那时，奈杰尔爵士刚刚结束十二年的军旅生涯，从印度回到英格兰。他在伦敦逗留了几天，见见旧相识，故地重游——结果惊喜地发现一切都还是老样子——然后前往莫里顿塔楼庄园。因为叔叔离奇失踪——至今下落不明，庄园就要归他所有了。

家里已经霉运连连，返家的路途也不算一帆风顺；当时很可能造成不幸，所幸没什么大碍。他乘坐的火车发生了事故，挺严重的，但奈杰尔毫发未伤，而且正是因为那次事故，他结识了一个女孩，那个他坚信是世上最美丽的姑娘，这样想着，他倒觉得是件幸事了。更美的是，他得知她竟是自己在莫里顿塔楼庄园的邻居。而这点帮他度过了之后的那段痛苦时光——因为他就要进入那座继承而来的阴森恐怖的老宅了。

第二章　冰封火焰

许多碰巧去过沼泽地区的游客都说，莫里顿塔楼庄园可算得上全英格兰最荒凉的所在了，这说法一点没错。十三年前，奈杰尔曾经来过，但他发现，记忆中的图景与现实有着相当的差距；他曾在这里编织过传奇故事，现实却绝没有传奇可言。故事里，庄园狰狞的轮廓变得温和，漆黑的走廊也有人来往。但如今，这轮廓如此冷酷无情，他简直不敢相信。他也不曾想过，印象中那幽深黑暗的走廊，会变得更加幽深漫长，黑暗荒凉。

它看起来是很漂亮没错，但略显憔悴的灰白色让它犹如监狱。另外，庄园外的护城河和那扇微型吊门，总让男孩子浮想联翩。但是，室内的装饰阴森恐怖得令人窒息。走廊和楼梯的角落里堆满了椅子，看起来已经在原地待了几个世纪，让人感觉置身于巨型的梦魇一般。每扇窗户和门上都悬着巨大的锦缎窗帘，挡住了空气和阳光。几百年来，房间里一直阴郁沉闷，红色的窗帘随年月增长泛出了紫色。厚重的深色地毯也已经破旧不堪。

这房子真的会滋生鬼怪。房子里弥漫着有游魂飘荡的奇怪气息，而这种气息只有那些非常古老的房子里才有。狭小的窗户如裂缝一般，使得房间里异常昏暗，还散发着一股霉味，这完美地契合了庄园建造时期的建筑潮流和需求——虽然并不符合今天人们对卫生和健康的要求。随着一脸严肃的管家——他了解到，叔叔在世的时候，管家就在这儿了——打开巨大的前门，奈杰尔进入庄园，他感觉像是进了坟墓。门关上以后，光亮和阳光也随之消失，他不禁一阵颤抖。

第一夜，他几乎没有合眼。巨大的四柱卧床，长绒床帏像熟透了的李子一样挂下来，把他紧紧围住，仿佛置身于维多利亚时期的巨型饰品盒。床垫舒适柔软，每次翻身，都有柱子咯吱作响。适应了室内的黑暗以及印度平房里军营般的摆设以后，他站起身，拿起鸭绒被，走到敞开的窗户旁，在靠窗的沙发上度过了余下的几个钟点。

"这帮人竟然能住这样的地方！"他一次次地对自己说，"怪不得我那可怜的叔叔不见了！只要是有点自爱的基督徒都会消失。莫里顿塔楼庄园得尽快做些改变，这点我可以保证。四根柱的老古董明天一早就得滚蛋。要在这里活下去，不睡觉可不行。"

他躺在马毛填充的硬沙发上，拉开窗帘，房间里立时布满了灰色和淡紫色的暗影，远处连绵不断的沼泽地延伸开去，仿佛要到世界的尽头。孤独？莫里顿经受过印度夜晚的孤独，远离一切文明：寂寥的丛林里，空气凝住了，任何微小的声响都像扔下的炸弹；还有，作为当地唯一的白种人所带来的那种奇怪神秘的孤独。但跟这里相比，那些都算不上什么。他甚至想到，住在这所房子里，年轻人也会自杀。五年前，约瑟夫·莫里顿爵士就消失了——这也难怪！

他盯着窗户，抽着烟，绝望地看着眼前的景象。他才三十出头，就要遭受这样的命运！周围荒无人烟，没有一丝居住的痕迹。当然，沼泽地的尽头，有一片树木和茂盛的灌木丛，他知道，那后面就是韦瑟斯比庄园。直觉告诉他，这就是安托瓦内特·布雷利尔的家，那个火车事故中遇到的女孩，现在是他梦中的女孩。接着，他的思绪转到了她身上。天啊！把一位精致脆弱的小仙女带到这种鬼地方，就像要把一缕阳光锁进铅盒里一样，毫无希望！

黎明越来越近，他正盯着远处半昏半明的树丛，突然，沼泽地的边缘处闪出一束小小的火焰。一个，两个，三个，接着，一大串火焰蹿了出来，仿佛一只看不见的大手撕破天空，把钻石般的星星撒在沼泽地上。他不由自主地站起身来。那到底……还没等他喊出声来，又有一束火焰闪了出来，这些火焰在黑漆漆的沼泽地里不断地跳跃、闪烁。

那究竟是什么东西？是神秘的烟火表演，还是某种新型炸药的爆破试验？跳跃的火焰如同燃烧着的蓟花瓣，被吹进他的眼帘，这儿一点，那儿一点，到处都是。

莫里顿站起身，用了好大的力气抬起另一扇窗，窗框已经旧得不灵活了。他只穿着丝质睡衣，手里的烟烧成了一小段灰柱。他尽力探出窗台，惊奇地看着那些星星般闪烁、跳跃而又令人发狂的火焰。

他顿时没了睡意，觉得完全清醒了。那东西这么奇妙，这么不可思议！他不想穿上衣服去调查一下才怪呢！当晚早些时候，鲍金斯（那位庄严的管家）清楚地告诉他，那片沼泽地里没有人住。那些东西就像小小的灯笼一样，低悬在沼泽地的边缘，任由具有神力的手摇来摇去。它们那么低，又不像星星。这样的老屋，这样的房间里，老旧的四柱床的影子爬在他的身上，莫里顿竟然冒汗了。这太离奇了！对于人事，他算是勇敢的了，可冥冥之中也觉得，那些荒无人烟的沼泽地里的火焰绝非人类所为。他现在就要去调查一番！他把脑袋缩回来，砰的一声拉下窗户。声音传遍了这荒废的老屋的每一个角落。

他快速穿起衣服，挣扎着套上斜纹软呢长裤。这时，传来了一阵轻轻的敲门声，他仿佛中弹一样，迅速转过身，紧张得不停打颤。

"是谁？"他愤怒地叫道，而感到双腿颤抖后，他更加愤怒了。门给推开了一些，露出了鲍金斯那张苍白的脸。因为受了惊吓，他的眼大睁着，嘴也大张着。

"奈杰尔爵士，先生，我听到这个房间传出一个吓人的声音——像是手枪射击的声音！您没事吧，先生？"

"没事，你个笨蛋！"莫里顿大喊，显得很不耐烦。这时管家那瘦削的身子也从门后露出来了。"要么进来，要么出去，怎么都行。拜托你动动脚！这风冷得要命！你听到的是关窗户的声音，估计一两百年没开了，动一动就吱吱呀呀叫个没完。在这可恶的房间里，没法睡觉——到现在还没合过眼——我就起身离开那个维多利亚时期的老怪物，刚在窗户旁的沙发上坐下，就看到地平线上冒出一串火焰，像是信号灯之类的东西！我已经看了二十分钟了，它们把我惹毛了。我要出去调查一下。"

鲍金斯惊叫一声，同时用颤抖不止的手遮住了脸。莫里顿突然意识到，在莫里顿塔楼庄园，自己将来也会变得这样神经兮兮。这时，鲍金斯拖着脚穿过房间，胆怯地握住莫里顿的手臂。

"求求您，先生，别去！"他颤抖着低声说，"那些火焰，先生——您不了解内情啊！您要是觉得自己的性命有那么一点价值，就不要出去调查，先生。不要去！去了就没命了。"

"什么？"莫里顿转过身，盯着管家怯懦的蓝汪汪的眼睛，"你在胡说八道什么，鲍金斯？那些火焰到底是什么东西？我究竟为什么不能出去调查？是谁不让我去？"

"是我，爵爷——只要我的话对您有一丁点儿作用！"鲍金斯激动地回答，"所有人都知道这个传说，奈杰尔爵士，先生。那不是人间的火，村民们叫它们冰封火焰，因为它们好像并不发热。那片沼泽地没有人住，天黑之后，整个村子没人敢去那个鬼地方。"

"为什么不去？"

"去了就回不来了，这就是原因，先生！"鲍金斯说，"这可不是胡说八道。已经出了不少事了。就在六个月前，一个在磨坊里工作的小伙子，喝多了酒，说要去看看是谁在捣鬼，让那些火焰自动点着的。结果，他再也没回来。而且，当晚又多了一个火焰。"

"唷！这故事可真够玄乎的，鲍金斯！"然而，莫里顿立刻感到一阵彻骨的寒意，发出一声阴郁的假笑。

"这可千真万确，奈杰尔爵士！"鲍金斯一本正经地说道，"这都是真事。只要有人去那儿——当然，他们是自寻死路——你就会看到一个新的火焰。至于那些晚上去沼泽地的人，就再也没了影儿。去了的人——还有一个女孩，上帝保佑她！——都消失得无影无踪，仿佛这世上不曾有过他们。天知道那儿住着什么东西，或者那些火焰是什么，但我要说，您晚上去了就是个死。天一亮，就什么都没了，什么也看不到了。"

　　"天啊！我算是长见识了！"虽然莫里顿对鬼神之说不屑一顾，但在这怪诞的凌晨24点——黑暗与黎明的正中间——听到鲍金斯的故事，也不禁悄然敬畏起来。去，还是不去呢？傻瓜才会相信他的话，可他现在也绝不想死。他离安托瓦内特·布雷利尔也就几十码，往后还要跟她培养感情呢。

　　"你这故事，虽说荒诞，倒真让人毛骨悚然！"他高声说道，"考虑到我的神经在印度已经被折腾得不轻，我还是等到明天早上再去这幽灵之地做调查吧，鲍金斯。回去睡觉吧，伙计，别担心，我不出去调查。至少今晚是不去了，我发誓。或许明天我就鼓足了勇气，但眼下我还不想死呢。你就收好这些可爱的故事吧，我保证，决不草率行事。"

　　鲍金斯松了一口气。他用手擦了擦额头，那双有些狡猾的淡蓝色小眼睛突然亮了起来——对这双眼睛，莫里顿有一种近乎本能的厌恶。

　　"谢天谢地，先生！"他严肃地说道，"这样我就放心了。我一直在想，也许就是因为那些火焰，您那可怜的叔叔，约瑟夫·莫里顿爵士才会失踪的。当然……"

"什么?"莫里顿转过身来,看着鲍金斯。他眉头紧皱,整个人突然醒悟过来:"我的叔叔,鲍金斯?这些——火焰出现多久了?我记得小时候没有啊。"

"噢,我记得好像一直就有吧,先生。只不过四年前大家才注意到,"鲍金斯回答,"我记得——是的——四年前的八月份,我第一次注意到它们。"

莫里顿从容地笑了笑。

"那你就没必要担心了。叔叔已经失踪五年多了,所以很明显,他的失踪与这些火焰没有任何关系。"

鲍金斯羊皮纸一样皱缩的脸上,泛起了阴郁而近乎病态的红色。他张开嘴想说话,可是又缩了回去。莫里顿敏锐地看了看他。

"当然,我太傻了。就像您说的那样,先生,这根本不可能!"他结结巴巴地说,然后边鞠躬边朝门外退去,"我回去睡了,不耽误您休息了。很抱歉打扰您了,真的,先生,我还以为出了什么事。"

"没关系。晚安。"莫里顿简略地回答,然后关上门,落了锁。他站在那儿,看着那些闪烁不定的光点,陷入了沉思。天空正快速地明亮起来,这些光点也越来越暗了。"我不明白的是,他怎么会记错时间呢?叔叔失踪五年了,这一点鲍金斯非常清楚。当时他就在这儿,那他为什么还说叔叔失踪可能跟那些火焰有关?鲍金斯,你这家伙蓝汪汪的眼睛后面可还有不为人知的秘密呢。嗯!……他究竟为什么要骗我呢?"莫里顿自言自语道。

第三章　光明与黑暗

第二天早晨剃须的时候，莫里顿看着镜子里的自己，不禁大笑起来。无论怎么看，他都分明是一晚没睡，一个膝盖又疼又僵，就像拉伤了韧带。

"这该死的地方已经在我身上显示它的邪恶了！"他边往下巴上涂剃须膏边说，"我的眼睛像是抹了炭灰，手还不停地打颤！昨天的火车事故也帮了大忙。不得不说，在我这个年龄，这情形可真不赖！竟然被一个荒诞不经的故事吓住了。鲍金斯是个傻瓜，而我就是个笨蛋……该死！刚开始就这样，我可有点吃不消。但愿今天不要有人来拜访。"

然后，他的愿望是没办法实现了。午后，时光闲庭信步般从这老屋旁、从那些马厩——当时是非常有名的——中渐渐逝去，硕大的门铃传来刺耳的声响。莫里顿正吩咐鲍金斯说他"不在家"，碰巧透过门上的彩色玻璃看到了什么东西，轻盈而蓬松，顿时就闭了嘴。

片刻之后，鲍金斯引进来两位访客。莫里顿正准备迎接从玻璃里看到的那位，看到另外一位，并没有不高兴。因为他听到鲍金斯兴致勃勃地说："先生，这是布雷利尔小姐和布雷利尔先生。"

他那在万幸的火车事故中遇到的姑娘！他那有着考究的口音和美丽双眸的姑娘！

他的脸立刻泛起了红晕。他几大步跨过宽敞的房间，长久地握着安托瓦内特的手，深情地望着那双灰绿色的眼睛。昨天，在那可怕而又美好的一瞬，在火车残骸中，他抱住了她，那时，这双眼眸就已经把他俘获。

"你已经好了，可以四处走动了吗？"他说，话里透着这次会面带给他的快乐，眼睛游离到她的额头上，头发下面微微露出一个粉红色的条状药膏。他松开她的手，转身朝向她身后一两步远的地方。站在她小小的身体后面的男士，正用他见过的最蓝、最年轻的眼睛看着他。

"您是布雷利尔先生，对吗？您能前来造访，真是太好了，先生。请坐。"

"是的，"安托瓦内特高兴地说，"这是我叔叔。我跟他说了我们的冒险经历，他才过来。"

这人身材高大而壮硕，浓密的黑发中间已经杂有不少白发，那修剪整齐、悉心照料的皇式小胡子，就如他的姓氏，给人一种外族气息。日间礼服裁得非常得体，一看便知，家底十分殷实。这一切，莫里顿都看在眼里，记在心里，还窃窃地感到高兴。不难看出，两个人都很有教养。

至于安托瓦内特，他的眼睛几乎一直未离开过她。今天下午，她更可爱了。她的衣饰蓬松而富有女人味，哪个男人能不爱。也只有在梦里，莫里顿才见过这般令人陶醉的美人。

"你们两位同来，自然是极好，"他紧张地说道，有些手足无措，"我从未见过这么荒凉的地方，真的！真让人毛骨悚然！"

"真的？"布雷利尔大笑道，声音深沉而高亢，"我倒非常喜欢这份幽远。在可爱迷人的英格兰，常常见到这种宁静的闭塞，先生，一个人满世界跑了一辈子，对这份闭塞就只有心怀感激了。但我并非为此而来。先生，昨天侄女多亏您费心照顾，我特来感谢您的大恩大德。"

他的英文极好，带着外国人那种一字一顿的小心谨慎的口音，这对莫里顿来说，多么迷人啊。他已经深深地迷上了安托瓦内特身上同样的特质。他真的有些自得其乐了。

"不用谢——真的……您觉得塔楼庄园怎么样，布雷利尔小姐？"他急着转移话题，突然凑近她问道。

她耸了耸肩。

"这个问题不公平！"她回答道，"我刚来五分钟呀。不过，我觉得这里的一切都那么迷人！建筑，装饰，还有这氛围……"

"噗！只可惜昨晚你不在！"他故意打了个寒噤，接着大笑起来，"哎，真的鬼屋都跟它差得远呢！这儿要是没有鬼，我情愿受罚！我都能听到它们的声音，好几十个，在房子里爬来爬去。你真该去看看我的卧室！我睡在和乡下别墅一样大的四柱床上，时不时地噼啪作响，像是有人在用手枪练习射击，让我觉得我的曾曾曾祖母的魂魄就坐在衣橱里，尽心尽责地看着我呢……对了，你会骑马吗？如果我没记错的话，这附近应该有几条不错的路线。"

她点点头。奈杰尔爵士觉得这个话题有趣多了，时间过得也非常惬意。

莫里顿一心想着招待客人，忽然又换了话题，却像炸弹一样，将三人整个下午的欢乐击个粉碎。

"对了，"他说，"昨天晚上，我躺在床上睡不着，就看到许多火焰在地平线上跳上跳下。感觉是在我们两家之间的沼泽地里，布雷利尔先生。鲍金斯添油加醋地说了一大通，说什么那些火焰不是人间之物。您看到过吗？不过说实话，我真有点不自在。我从来不信什么鬼呀神呀——除非喝醉了酒或是亲眼所见（这是一个蹩脚的双关，布雷利尔小姐），但是在印度，你经常碰到这种事，也找不到任何合理的解释，只是觉得好笑。您怎么看？您肯定是亲眼见过的了，鲍金斯说全村的人都在谈论那些火焰。"

安托瓦内特手里的汤匙叮当一声掉在碟子里，脸色也变得煞白。布雷利尔也不再看他。本来欢快的房间里瞬间紧张起来。

"我——嗯，实话告诉你吧，我也不知道那是什么。"终于，布雷利尔清了清嗓子，开口说道。看得出来他是真的紧张。"好像根本解释不通。我看到过——是的，很多次。安托瓦内特也看到过，但是关于它们的传说都不怎么……讨人喜欢，另外，我也很识趣，没有做任何调查。我真心希望您也这样做，奈杰尔爵士。谁也不知道那是什么，虽然不能完全相信村民们的胡说八道，但是一切还是安全为上。就像您说的，这种事情，有时候找不到合理的解释。想到您可能陷于不必要的危险之中，我心里就不是滋味。"说完，他低下了头，莫里顿看到他的手指在发抖。

"鲍金斯还告诉我，说有人神秘失踪，再也没找到。"他若无其事地说道。

布雷利尔耸了耸肩，摊开双手。

"在一帮没文化的人中间……您能怎么办呢？其实，从我住进韦瑟斯比庄园以来——差不多三年半了——已经有好几个人神秘失踪了，奈杰尔爵士，全都是因为愣头愣脑地想去调查那些火焰。而我一向奉行适可而止的原则。我想您也会这么做吧？"

他急切地看着莫里顿的脸，眉头紧锁，显出一丝忧虑。

莫里顿大笑起来。他们谈话期间，安托瓦内特一直安静地坐在那儿，听到笑声，她突然尖叫一声，同时用手捂住耳朵。

"求求你们，"她激动地喊道，"不要再说了！这一切把我吓得要死！我知道叔叔要笑话我，可是……我就是害怕那些小火苗，奈杰尔爵士，害怕得不行。您再说，我就走——真的！我请求您，不要试图查明真相，奈杰尔爵士！您要是做了这样的蠢事，我……我会非常伤心的！"

听到她的话，莫里顿的第一反应是，她会为了他的安危伤心难过，觉得很快乐。接着，一种不祥的预感传遍全身，似乎大家都有这种感觉。在这美妙的夏日午后，许多平时理性的人，竟然被夜间沼泽地里神秘的火苗吓得不知所措，这未免有些荒唐。他努力摆脱这个想法，可就是做不到。他眼前一直浮现安托瓦内特那惨白的面容；脑子里不断回响着她手里的汤匙突然掉落时那刺耳的响声。而布雷利尔的态度更让他起了疑心。很快，他们起身要走，莫里顿把他们送到门口。

"不要忘了，布雷利尔小姐，您可是答应了我周四去骑马的。"他笑着说。

她朝他点点头，临走，还轻轻地捏了捏他的手。

"我不会忘记的，奈杰尔爵士。但是——您也要答应我，"她降低了声调，"答应我，不要试图查出那些火焰的真相，好吗？你要是去了，我就睡不着了。"说完，他们走了。

莫里顿一言不发地站在那儿，眉头紧锁，嘴巴紧闭，一脸严肃的样子。先是鲍金斯，接着是布雷利尔，现在又是她！去调查一下能有什么害处呢？可他们全都苦苦哀求他不要去。他觉得这里面好像有什么猫腻。这些"冰封火焰"到底是什么东西？其中隐藏着什么不可告人的秘密？它们神秘的面纱后面，又有着什么邪恶力量呢？

第四章　邪恶的天才

就这样，尽管在莫里顿塔楼庄园的开端有些糟糕，但对莫里顿来说，接下来的几周则充满了幸福和快乐。他和安托瓦内特很快熟识起来，自己一向过着独居的生活，现在这位年轻貌美的姑娘，在他的心中越来越有分量了。

日子一天天过去，两人的生活洒满了阳光般的快乐。他开始常常往韦瑟斯比庄园跑，人家也盼着他来。说不定什么钟点就去了，和安托瓦内特一起待上一两个小时，或者和布雷利尔安静地玩撞球，又或是，如果太阳没下山，由他们两个陪着，在花园里抽支烟。他没再提起那些火焰，也没有做任何调查。他已经答应安托瓦内特了。可是，他仍然经常在夜里透过卧室的窗户观察它们，一边看一边想，他不断揣摩鲍金斯在第一天晚上就叔叔的消失事件对自己撒的谎。

对于他们之间产生的不信任，他觉得有些遗憾，但是也没有做任何化解的努力。可怕的是，事实上，他还时不时地尽力激怒这位在此服务了多年的稳重的老人。他觉得鲍金斯挺有意思，禁不住想逗他。鲍金斯注意到这点以后，变得更加寡言少语了，脸色也冷漠得如面具一般。

只要莫里顿在场，鲍金斯就会变成石像，可每当布雷利尔先生来到塔楼庄园时，他又会变得异常活跃。布雷利尔先生和他的侄女走到哪儿，他就像影子一样跟到哪儿。一天，莫里顿开玩笑地说："鲍金斯可更像是你的跟班，布雷利尔先生。真的，若是没有在这所房子里服务这么多年，我估计他早就是了。"听了这话，布雷利尔顿时紧绷嘴角，接着又立刻露出了笑容。那时候，莫里顿和布雷利尔是非常要好的朋友，两人的关系非常融洽。

这样，时间一天天过去，转眼几个月了。莫里顿突然认识到，自己已经迫不及待地想向安托瓦内特表明心意了。他已经把这个秘密告诉了布雷利尔。他大笑着拍了拍他的后背，说他很久以前就知道了，并祝他好运。不久之后，他告诉布雷利尔好消息，说安托瓦内特接受了。两个人都来和他分享他们的幸福。

"真的啊？"布雷利尔先生平静地说，"我真的很欣慰。我的孩子，在这件人生大事上，你们很明智，没有草率行事……我真的为你感到高兴，我的安托瓦内特，因为我觉得你理应跟一位真诚善良的人度过一生。这个世界上，这种人实在太难得了，相信我！……

"安托瓦内特，客厅里有位朋友在等你。恐怕他不会乐意听到这个消息，当然，这只是一种可能。是戴克·韦恩，安托瓦内特。"

听到这个名字，莫里顿顿时感到一阵寒意。

戴克·韦恩？在这儿？不可能！可是这个名字又是那么罕见，不可能是别人。无论莫里顿去哪儿，他总会出现在同样的地方。就像好朋友那样，可是他想要的东西，戴克·韦恩好像总能先他一步得到。他们可不止是一般的朋友之间的竞争关系。很久以前，还只是十七八岁的时候，他有个小女朋友，可是戴克冒出来，用他擅长的方式抢走了她。戴克身上有种强大到近乎残暴、坚如磐石、咄咄逼人而又有磁石般的引力。在奈杰尔那年轻、未受污染、健康而不带有病态想法的心目当中，他们的灵魂似乎是由某种神秘的力量缠绕纠结在一起，束缚得人透不过气来。自己正生活在幸福之中，他又冒出来了。难道又要被迫陷入这种让人不自在的亲近关系了吗？如果韦恩出现的话，他肯定没有能力避免这种局面。好像他们天生相互吸引。

"你认识戴克·韦恩吗？"他近乎恐惧地问道。

安托瓦内特·布雷利尔看了一眼叔叔，犹豫了，最后她低声说道："是的，我……认识……他。我不知道你也认识他，奈杰尔。他从来没有说起过你。我……他……他也在追求我，奈杰尔，我害怕跟他讲……我们俩的事情。可是我……我不得不去见他。我可以告诉他吗？"

"当然。可怜的家伙，我为他感到难过。是的，我认识他，安托瓦内特。但是我们算不上朋友。其实，我……噢，嗯，没关系。"

但是戴克·韦恩会对他、对安托瓦内特、对公众、对遥远的伦敦警察局以及神探汉密尔顿·克里克有多重要，别说他们——其他任何人——都不知道。

他们一起走进宽敞舒适的客厅，见到了戴克·韦恩。他一身骑装，还是奈杰尔记忆中的模样，身材魁梧，古铜色的皮肤，非常英俊。他背对着他们，正在端详立在雕花写字台上的安托瓦内特的画像。听到脚步声，他转过身朝他们走来，满脸喜悦地伸出手。这时，他看到了安托瓦内特身后的莫里顿，脸上的喜悦顿时减了不少。

"你好，"他说，"你怎么会在这儿？可真让人烦……你可真快活呀，安托瓦内特！"

莫里顿和气地跟他打过招呼，安托瓦内特双眼放光，看着他那古铜色的脸庞。

"有吗？"她尴尬地笑了笑，"我最近在骑马——和奈杰尔一起。"

"噢，奈杰尔住在附近，是吗？"韦恩挖苦地笑道，"喜欢这儿吗，老伙计？"

"噢，我非常喜欢这儿，"莫里顿回击道，"反正都要适应的。我已经彻底告别印度了，韦恩。我要在这里住下来。"

听了莫里顿的话，韦恩转过身，眼睛眯了起来。他几乎比莫里顿高了一头——莫里顿也不算低——人高马大，虎背熊腰。莫里顿总觉得自己吃亏了。

"这样啊？那你是打算在这里永远住下去了？"韦恩说，他那深沉而洪亮的嗓音中透着些许怪异。安托瓦内特迅速地看了看她的爱人，显得很紧张。他微微一笑，让她放心。

"是的，"他略带挑衅地说，"其实，韦恩，我就住在离这儿不远的地方。我……我很快就要结婚了。跟安托瓦内特，你大概猜到了。她已经答应嫁给我了。祝贺我吧？"

这就像给了韦恩迎面一拳。他那古铜色的脸上顿时没了血色，白得吓人。

"我……我……当然要祝贺你，衷心祝贺，"他用那奇怪而沙哑的声音说，"说真的，你不知道自己有多幸运，莫里顿。你简直是世界上最幸运的家伙。"

他突然拿出手帕，擤了一把鼻涕，然后擦了擦额头——莫里顿注意到，他的额头上满是汗水。他找遍了口袋，掏出一支烟。

"我可以抽烟吗，安托瓦内特？谢谢。我骑了很长一段路，费了千辛万苦……你们两个要结婚了，是吗？"

安托瓦内特的脸也变得苍白。她紧张地笑了笑，然后本能地伸出一只手碰了碰莫里顿的衣袖。她感到他立刻挺直了腰板，骄傲地昂起头。

"是的，"安托瓦内特说，"我们要结婚了，戴克。而且我——噢，很开心！对此——我知道你一定也非常高兴。叔叔也很高兴。他看起来很开心。"

韦恩盯着她看了一会儿，接着迅速看向别处。

"好吧，莫里顿，你可算是为了萝西·德维里尔的事报仇了，对吧？当时你才十六岁，她突然任性地爱上了我，还记得你当时多么伤心吗？现在……你时来运转了。我祝你好运。我会没事的。今天晚上我还有很多事要做，因为要去开罗了，大概下周吧。所以我才来看你，安托瓦内特，不过恐怕我来得有点迟了。"

"开罗，韦恩先生？"布雷利尔也进来了，他惊讶地说道。

"噢，没了我，你们也会过得很好的，我的朋友，"韦恩冷酷地笑了笑，这是对三人共同的讽刺，"我没想象中的那么受欢迎。

奈杰尔，我猜新婚之前，你应该要举行一个单身宴会吧。很遗憾
我不能一起庆祝了。"

他伸出手，奈杰尔抓住它，真诚而友好地握了握。这份真诚
和友善，他从来没有过。毕竟他赢了！安托瓦内特要嫁的是他。
对韦恩，他心里充满了同情。

"听着，"他说，"走之前来塔楼庄园和我吃顿饭，韦恩，老
伙计。我们举行一个真正的单身聚会，就像你说的那样。叫上那
几个家伙，算是给你饯行。周二怎么样？你不答应可不行。"

有那么一瞬，韦恩也露出了友善的神情。他凝视着莫里顿的
双眼，然后真诚地握了握他的手。他似乎是理解并毫无保留地接
受了奈杰尔无声的歉意。

"多谢了，老伙计。你真大度，真的。好的，我愿意在走之
前再看看那帮家伙。哪怕看在过往交情的分上。我周二没什么特
别的事非做不可。所以……我会来的。到时见。"

"再见。"莫里顿说，看到韦恩很配合，他也放松了不少——
但是，仍然不由自主地有些怀疑。

"再见，安托瓦内特……这次是真的再见了。祝你幸福。"
"谢谢。"

他看着她的眼睛，然后突然叹了口气，快速转过身，走出房
间。布雷利尔大步跟上他，握住他的手，留下他们俩，手拉手沉
默地站在那里。好像房间里无形的恶魔突然离开了，紧张的气氛
也消失了，他们又能自由地呼吸了。

他们肩并肩站着，听到前门砰的一声关上了。

第五章　宴会上的幽灵

莫里顿一身晚礼服，看起来非常英俊，他站在吸烟室的门边，旁边是又矮又胖的托尼·韦斯特，他穿着一身极不合身的西服，衣领看起来大了好几码（莫里顿早已不再劝他去找个好裁缝了）。他们站在那里，等着汽车引擎的声音，这表示又有客人到了。

周二的晚宴很值得纪念。首先，是为要去开罗的戴克·韦恩饯行；再者，莫里顿也想借此机会告诉大家伙，自己马上要当新郎了。

莱斯特·斯塔克和托尼·韦斯特都是奈杰尔·莫里顿非常忠实可靠的朋友，头一天晚上就到了。戴克·韦恩是坐七点整的火车过来，蒂奇·弗迪斯、雷金纳德·勒弗罗伊——两人都是莫里顿一个团的战友，现在休假从印度回到了英格兰——还有性格温和的老巴塞洛缪医生，谁都尊敬他、爱戴他。伦敦内外的单身聚会上总能见到他那枯瘦的身影，头脑敏捷，带着熟练而巧妙的幽默感。

莫里顿塔楼庄园阴森的门铃叮当一声，鲍金斯猛地推开大门，非常自负优雅。莫里顿看到了身高体宽的韦恩，他一身黑色的晚礼服，这是他在这种场合中惯常的穿戴，倒是非常适合他，乌黑的短发，礼帽的角度刚刚好，不偏不倚。他走进通明的门厅，开始脱下手套。

托尼·韦斯特声音沙哑地打了声招呼，莫里顿伸出手走上前去。

"你好呀，老伙计！"托尼说，"怎么回事？看你脸色不太好啊，是不是，嗯？唷！莫里顿，老伙计，你干吗戳我肋骨。我可不喜欢你拿刺刀一样的胳膊肘戳我！"

莫里顿扬起眉毛，使劲皱起眉头，用尽所有的办法想让韦斯特明白，他不能提这一壶。因此，韦斯特明白过来，他也扬起了眉毛，急忙大叫一声，然后拍一下嘴巴，开始吹起最新的爵士曲子，仿佛他刚刚从倒霉的泥淖中拔出深陷的双脚——可这没什么用。

韦恩走进气氛愉快的吸烟室，仿佛眉头紧锁的赫拉克勒斯。莫里顿叉着手，作为主人，他只能忍着——仅此而已。

"你好！"他回应莱斯特·斯塔克漫不经心的问候——莱斯特·斯塔克从没喜欢过戴克·韦恩，这点两人心知肚明。"你也来了？莫里顿是要为我饯行。天啊！下周，你们这帮家伙这次可要羡慕我了，我保证！我要去海上进行一次美好的长途旅行；还有好多漂亮姑娘——我可全指望她们呢！"他突然看向莫里顿，好像在寻找什么，"自由自在，无牵无挂。岸上，开罗的灯火照耀着我。有点概念了吧，对吧？"

"你自己留着吧！"托尼·韦斯特颤抖着说道，"等你闻过了开罗，韦恩老兄，你就会夹着尾巴溜回家了。玫瑰花换了一个名字还是一样芳香，可开罗——其中的一些地方，请你注意……开罗算是我闻过的最臭的玫瑰了，仅此而已！"

"有些东西比臭味还要刺鼻！"韦恩黑着脸看向奈杰尔，没好气地回答道，他说话含混不清，看得出当晚已经喝了不少酒，"比起其他的，开罗的气味我觉得还可以忍受。嗯，奈杰尔？"他勉强笑了笑，笑声阴郁，令人厌恶。莫里顿快速扫视了朋友们的反应，发现他们也都明白了。韦恩进入"幽灵"模式了，什么样的快乐和玩笑都不能拉他出来。他对这个人的怜悯突然死掉了，想到他已经喝得酩酊大醉，更让他觉得厌恶。他真希望自己没有这么做，还为他举办这次晚宴，自己的好心，人家完全不领情。韦恩就要成为宴会上的幽灵，看起来一点都不高明。

"加油，振作起来，老伙计！"托尼·韦斯特急不可耐地大喊道，"别那么酸溜溜的了，好吗？不然，我们可就觉得你是干了什么蠢事，倒拿我们撒气了。"

"注意，约翰逊医生到了，"这时，可敬的巴塞洛缪走进了房间，"今晚如何，先生？很美妙吧？这位是宴会之王，安静勇猛的戴克·韦恩王子——噢，勇猛得很呢！他可是一名世界探险家，并且很快就要去闻开罗的气味了！您不会羡慕他的，对吗？"

他夸张地朝医生鞠了个躬，医生咯咯地笑了。他目光锐利有神，睫毛都已雪白，胡须很长，乱糟糟的，衬衫前襟像往常一样皱巴巴的，破旧不堪。没有谁比他更不像医生了。可他确实是个医生，而且还是个挺高明的医生。

"好吧，你个健谈的小鹦鹉，"他亲切地招呼韦斯特，"你怎么样？这晚会到底是谁办的？是你，还是莫里顿？你平时可没有这么高调啊？"

"好吧，轮到奈杰尔的时候，"韦斯特咧开嘴笑着回答，"我马上就低调了。让他说件事，比在鸡蛋里挑骨头都难。"奈杰尔订婚的事没几个人知道，韦斯特就是其中一个，他还有点多嘴，像个老妇人——但朋友们都宽恕了他。

莫里顿猛推了他一把，他身子后仰，装腔作势地呻吟一声，倒在韦恩身上。

"搞什么鬼？"那位绅士暴躁地说道。

托尼咧开嘴笑了笑。

"奈杰尔可从来不这么说话！"他向上翻着眼，低声说道。

"闭嘴！"斯塔克迅速捂住韦斯特的嘴，厉声说道。这时，门铃又响了，他也住了声。鲍金斯引着弗迪斯和勒弗罗伊走进来。两位绅士身材修长，衣着漂亮，散发着军人的气质。人到齐了，鲍金斯庄重地退下，大约十五分钟以后，门厅里巨大的铜锣哐哐作响。大家鱼贯走进餐室，巴塞洛缪医生挽着托尼·韦斯特的短胖胳膊；短头发的弗迪斯和勒弗罗伊手插在口袋里并肩走着，一边不住地用力点头；莫里顿和莱斯特·斯塔克一前一后慢慢悠悠地走着，边走边互相打趣；身材壮硕、凶恶专横的戴克·韦恩独自走在他们俩前面。

韦恩坐在莫里顿右手边的上座。其他人则随意找位子坐下，对这样的安排，大声开着玩笑。长长的餐桌装饰奢华，莫里顿看着客人，心想，宴会也没有那么沉闷嘛。

大家像喝水一样喝着香槟，气氛也热烈起来了。他们兴奋地向韦恩祝酒，之后莫里顿宣布婚讯，大家再次举杯。不过，不难看出戴克·韦恩依然情绪低落。他必须从牢骚中走出来，此外别无他法。然后，恶灵再次降临，而把它招来的就是斯塔克。"对了，奈杰尔，"他突然问道，"你们这里不是有什么鬼故事吗？给我们讲一下，老伙计。你知道，像这样的晚宴之后，甜食美酒鬼故事，那再合适不过了。托尼，把灯全关了。这所老房子就适合讲鬼故事。开始讲吧。"

"等一下，"奈杰尔抗议说，"先让我消化一下晚饭，另外——最该死的是，这事怪得很，也不怎么好笑。"

"快点吧！"六个人同声喊道，"我们都等着呢，奈杰尔。"

这样，莫里顿只好立刻满足他们。他也喝了不少——尽管他从不酗酒——脸颊通红，显出内心燃烧的兴奋之情。

"你们先到窗边亲眼看看，然后再听故事。"他神秘地说道。

奈杰尔推开沉重的窗帘，外面漆黑的夜色里——时间已经将近十点钟——那些小小的火焰，一直困扰着他、让他的内心充满超自然的恐惧的火焰，在不停地闪烁、跳跃、摇曳。夜幕下，它们犹如胡乱串起的宝石项链，不停地闪着光芒。

在场的所有人——除了那个像决心不跟着大部队走的巨大的公牛一样站得远远的人——都不禁叫了起来。

"真漂亮啊！"弗迪斯慢吞吞地说，"那是什么？是个集会吗？原来这地方还有这么神奇的东西。"

"我们也不知道。"说话的是莫里顿，他一点都不客气，因为弗迪斯的话非常愚蠢。

"根本不是集会，你个蠢货，是——天知道是什么！而这才是重点！那些火焰是什么东西，从哪儿来的？那片沼泽地没有人居住，全村没有人会在晚上穿过那片可怕的沼泽地。大家都说，谁要是去了……就回不来了。"

"噢，放松，奈杰尔！"托尼·韦斯特打断他的话，假装吃惊地叫道，"香槟喝多了，可——"

"反正村民们说这是真的！"莫里顿清醒地说道，"故事就是这样的，伙计，是你们要我讲的。这些冰封火焰——村民们这么叫的，不是我——他们说是超自然现象，夜里靠近那个地方的人都消失得无影无踪。然后就会出现一个新的火焰，那是过去的人的灵魂。"

"有证据吗？"巴塞洛缪医生突然问道，他捋着胡须，浓密的眉头紧皱，似乎是在努力理解主人明显的半信半疑的心态。

奈杰尔转过身，面对着他。在昏暗的灯光下，他的瞳孔略微扩大了。

"是的，所以我才相信。不久以前，一个年轻人去了——他叫迈尔斯——威尔·迈尔斯。我想，他是喝多了，想让村子里爱管闲事的人有点事可谈。反正，他去了。"

"那他回来了吗？"托尼·韦斯特也不自觉地不安起来。

"不，相反，他没有回来。第二天，大家走遍沼泽地寻找他的尸体，可它完全消失了，一个年轻人告诉我，说他第二天晚上看到多了一束火焰。这，这就是你要的故事，莱斯特，随你怎么想吧。反正我已经按你们的要求讲完了。"

片刻间，房间里一片安静。这时斯塔克振作起来。

"天啊，这可太怪异了！把灯打开吧，驱散大家心头的阴霾！你觉得怎么样？"

这时，韦恩巨大壮实的身影突然从黑暗中闪了出来。他眼睛闪着红光，厚厚的嘴唇边现出一丝讥笑。他抽了一口烟，然后高昂起头。

"我觉得这整个就是胡说八道！"他大声说道，"我真搞不懂，一位有头脑、体面的绅士竟然会相信这种东西！奈杰尔的脑子里满是奇思妙想也就算了，你们这帮人怎么也相信这种说法呢……好吧，我只能说你们是我见过的最愚蠢的家伙！"

莫里顿紧闭双唇，努力提醒自己这个人是家里的客人。韦恩明显是想挑事，巴塞洛缪医生转过身，举起手来以示抗议。

"你不觉得自己的话有点……嗯……过分吗，韦恩？"他那特有的平静的嗓音，让人不自觉地要静下来听。

韦恩耸了耸肩，粗胖的脖子通红通红的。

"不，我一点不觉得过分！你们都是男子汉——或者应该是这样——而不是一群软弱无能的婆娘！你们害怕出去看看那些灯火是什么，对吧？我可不害怕。听好了。我和你们打个赌。赌五十英镑，我能安全回来，告诉你们那只不过是萤火虫或者某个蠢货搞的恶作剧来捉弄大家，消除你们幼稚的头脑里那些病态的幻想。这里的人，像这种偏僻的破地方一样，很喜欢这种东西。五十镑，你们觉得怎么样？"

他愤怒地环顾每个人，讥笑着的嘴唇后面露出了狗一样尖利的牙齿，傲慢自大的本性显露无遗："谁敢跟我赌？莫里顿？伙计，五十镑，赌我十二点钟声敲响前不能安全返回向你们报到。"

莫里顿通红的脸上更红了，他不由自主地上前一步。这时，医生一把抓住他的衣袖，才止住他。接着他又担心起来，万一这个醉酒的笨蛋真的要做三个月前那个醉酒的笨蛋做过的事。他不能像赛马那样，拿一个人的性命当赌注。

"傻瓜才会去，韦恩，"他尽力按捺内心的激动说，"作为主人，我请你不要去。那东西确实可能是胡说八道——很可能就是——但是我还是希望你不要冒险。我不知道是谁躲在那里，杀害或是秘密带走了受害人，但我希望你不要去，老伙计。我不会拿朋友的生命当赌注。再喝一杯，别再提这件事了。"

对这可敬的和解行为，韦恩只是一阵大笑，声音十分刺耳。他走到奈杰尔面前，把他的大而有力的双手放到奈杰尔瘦削的肩膀上，低下通红的脸颊，这样两个人的眼睛才差不多处于同一高度。

"你个懦弱的小鬼，"他用雷鸣般深沉的声音说，"振作起来，拿出点男人的样子。赌不赌，随你。我想你是要为家务开支省钱吧。好吧，要么接受，要么拉倒——五十镑赌我今晚不能安全回到这里。接受吗？"

莫里顿努力抑制心中的怒火，嘴唇都咬出了血。他把韦恩的手从肩上甩开，朝着对方讥笑的脸大笑。

"那就去吧——见鬼去吧！"他情绪激动地说，"出了事只能怪你自己喝多了。我已经尽力劝你了。你要是清醒点，我就摆好架势跟你打一场。那好，我接受。五十镑赌你回不来——但我还是希望我来掏钱。满意了？"

"好的。"韦恩站直身子，摇摇晃晃地朝门的方向迈了一步，这时大家才认识到，他已经醉得不行了。他来赴宴的时候，已经有了几分醉意，因而脾气有些暴躁，晚上又喝了那么多酒，现在强大的酒劲正把他搅得迷迷糊糊。

巴塞洛缪医生迈步走过来。

"该死！"他低声说道，并没有特意跟谁说，"他不能就这样出去。谁来阻止他啊？"

"您试试。"莱斯特·斯塔克简单地说，他已经领教了韦恩的脾气。巴塞洛缪医生真的试了，结果好心反被骂。韦恩费劲地穿上他那宽大别致的披风，双眼充满血丝，走路踉踉跄跄，一副凶神恶煞的模样。

"别犯傻，韦恩，"他不安地说道，"这么做得不偿失。待在这儿，晚上就在这儿过夜。看在上帝的分上，现在千万不要去沼泽地。"

韦恩转过身，充血通红的脸上，邪恶的眼睛闪闪发光。莫里顿永远不会忘记这个画面，当时突然间紧绷的心弦，还有瞬间袭来的不祥之感。

"噢——见鬼去吧！"韦恩声音沙哑地说道，然后一头钻进了漆黑的夜。

第六章　黑夜里的枪声

　　莫里顿塔楼庄园后面，赫恩山那边不远处的教堂里传来了十二响钟声。钟声低沉洪亮，打破了温暖的吸烟室里的宁静。一拨人正坐在里面。听到钟声，莫里顿站起身来，伸了伸懒腰。韦恩愚蠢地走进黑夜之后，压抑的气氛便笼罩在大家心头，奈杰尔心中的怒火也渐渐减弱、消失。

　　"韦恩说是十二点，对吧？"大家在他面前坐成半圆形，看着他们一个个神情严肃，他半开玩笑地说道，"现在已经十二点了。再等半个钟头，到时他还没回来，我们就去睡觉。他肯定是在跟我们开一个恶毒的玩笑。这人的脾气可真让人讨厌！今晚他本该在布雷利尔家过夜的——老布雷利尔好心请他——可能他就去了那儿，想着我们一帮人大早上傻坐着等他回来，自顾自笑呢！"

　　满头银发的巴塞洛缪医生固执地摇了摇头。

　　"你错了，奈杰尔。韦恩是个言而有信的人，不论有没有喝醉，他会回来的，毫无疑问。除非出了意外。"

　　"这可是我们最具怀疑精神的先生说的话，伙计们！"托尼·韦斯特突然插进来，极尽嘲讽地说道，"奈杰尔，伙计，有人这么快就改变主意了。我们的好医生已经有点相信那个故事了。现在怎么办，伙计？你有什么打算？"

"再等半个钟头，然后去睡觉，"莫里顿猛地抬起头，表情严肃，"当初我主动留他过夜，他却毅然拒绝了。他要是没有趁机去了布雷利尔家，我情愿受罚。伙计们，到点之前玩几局牌怎么样？"

接着他拿出牌，开始打牌。但大家都竖着耳朵留意前门的铃响，眼睛紧紧地盯着窗外的动静，所以打起牌来也都漫不经心的。半个小时没到，牌局就草草收场了。可戴克·韦恩仍然没有出现。

这时，鲍金斯拿进来一些威士忌。莫里顿故作轻松地说：

"韦恩先生出去调查冰封火焰了，鲍金斯。他不定今晚什么时候就回来了——更准确地说是凌晨，因为已经是后半夜了——我们马上要去睡觉。擦亮眼睛，留意他的动静。我一睡觉，就睡得跟那个恶魔一样沉。"

听了这话，鲍金斯脸色突然一沉，额头上也渗出了汗珠。

"出去了，先生？韦恩先生……去……那儿……了？"他结结巴巴地说，"噢，天啊，先生。这……这是自杀，千真万确！韦恩先生……死了！……他再也回不来了，我发誓。"

莫里顿轻松地笑了笑。

"发誓就省了吧，鲍金斯，"他说，"去把大家的房间准备好。巴塞洛缪医生住我隔壁那间，韦斯特先生住我对面。上午我已经跟德莱基太太说过了……晚安，鲍金斯，做个好梦。"

鲍金斯退下了。他的脸色阴沉晦暗，浑身颤抖，好像受了天大的打击。

"你们看到了什么是真正的恐惧，"巴塞洛缪医生抽口烟，平静地说道，"他整个人像断了的弦。从医以来，我从未见过一个人如此害怕。他要么亲身经历过，要么知道一些底细。不论哪个，他都是我见过的最惊恐的人。"

莫里顿禁不住大笑起来。然而不是那种愉快的笑，更多的是担心和不安，使得托尼·韦斯特也突然抬头看了他一眼。

"老伙计，你现在最需要的是去睡觉，"他站起来，抱着奈杰尔的肩膀说，"看来，住在这儿，对神经真是个煎熬。我可是跟小猫一样胆小。我向你保证，韦恩会回来的，奈杰尔，回来的时候，他一定会让我们听到的。他很可能会拿石头把这儿的玻璃砸个粉碎，然后挨个房间炫耀呢。他高兴了就是这副德行。祝你健康幸福，老伙计，希望你交好运。"

祝酒结束以后，大家都去睡了。巴塞洛缪医生挽着奈杰尔的胳膊，走到他的房间。在昏暗的烛光里，他们站在拉起帘子的床前，安静地看着远处的火焰，韦恩去调查的冰封火焰。他们一动不动地站在那儿，足足有十分钟。这时，医生快速转过身，微微笑了笑。

"好吧，"他自在地说，"不论我们的朋友韦恩要做什么，我们都不用相信传言，担心他回不来，奈杰尔。所以，你就放心去睡吧，好吗？"

莫里顿点点头，然后打了个哈欠，闭上了眼睛。

"什么？相信传言？当然不会，医生。我可不傻。韦恩在和我们玩捉迷藏，说不定他现在正坐在布雷利尔的书房里，嘲笑我们像老婆娘一样焦急地等他回来呢。哎哟！我累了……你对枪支挺感兴趣，医生，给你看看我的宝贝，睡觉都不离身，你知道，它已经陪我经历了无数的战斗。"他弯腰从床边小橱子的抽屉里拿出一把袖珍左轮手枪。医生本人也收藏了不少枪支，他娴熟地把玩着手枪，口中啧啧称赞。只见他扣动扳机，然后突然抬头，直视奈杰尔的眼睛。

"枪是上了膛的，老弟。"他平静地说。

莫里顿大笑。

"对。是习惯了吧，我想。在危机四伏的森林里，需要一把上了膛的左轮手枪。挺不错的小玩意，对吧？"

"是的，看起来也非常实用。"

"确实很实用。已经救过我两次命了，对我真是恩重如山啊……好了，"他把枪放在橱子上面，转过身，微笑着对医生说，"我想你该去睡觉了。做个好梦，老伙计，多做点。要是有韦恩的消息——"

"我会告诉你的，"医生带着亲切的笑容，插嘴说，"晚安。"

他转身出去，回到自己的房间，也就是沿着走廊过去，隔壁那间。

奈杰尔犹豫了一下，然后大步走到窗边。外面依然漆黑一片，离天亮还有几个钟头，黑暗里，火焰还在尽情欢跳。他冲着它们挥舞拳头，这时他又想到了戴克·韦恩，突然发出一阵刺耳的笑声。让他见鬼去吧！他总是变着法地打扰他的清静生活，不管是在精神上还是其他方面。看着看着，天鹅绒般的夜色里，火焰的左侧好像突然冒出一个新的火焰。他非常激动，觉得它更大、更亮、也更新！这不可能！那块沼泽地是无人居住的。

他盯着火焰看了一会儿，突然间，一阵莫名的恐惧袭上身来，他大步穿过房间，拿起那把袖珍左轮手枪。

"见鬼！我要疯了！"他愤怒地喊道，然后一把推开窗户，把枪对准火焰。此时，香槟加上夜里的各种刺激，他脑子里一片混乱："现在我看你消不消失，你这可恶的魔鬼！"

他扣动扳机，手枪只发出轻微的响声——这也是奈杰尔喜欢它的主要原因之一——吐出一条小小的火舌。伴随着枪响，脑袋瞬间清醒了。他大笑着，让自己从精神恍惚的状态中挣脱出来。那个火焰还在。他可真傻，竟然像疯子一样对着萤火虫开枪！他砰的一声关上窗户，开始脱去衣服。这时，他听到了门外医生的说话声，就走过去开门。

"我好像听到了枪声，奈杰尔，怎么……？"

"是的。我就是个蠢货，竟然朝那些可恶的火焰开枪，"莫里顿羞愧地回答，"看在上帝的分上，不要告诉那几个家伙。他们一定会觉得我疯了。不过当时我确实是疯了。还好没造成什么伤害。"

"朝那些火焰开枪！"医生的语气里也有些担心了。接着，他耸了耸肩说："噢，好吧，没关系！之前，我偶尔也从卧室里对着鸟射击。没事，去床上躺下吧，奈杰尔，听话，睡一觉。来，把枪给我。否则你可能趁我不注意朝我一通乱射呢。我把它拿到我的房间，谢谢！"

"说得对！"听到莫里顿的笑声正常一些了，医生愉快地点点头，"晚安，医生。"

"晚安。"

门又关上了，房子再次陷入一片寂静。不到十分钟，莫里顿就跌跌撞撞地爬上床，沉沉地睡去了……他没有看到，医生趁着他和托尼·韦斯特说话的当儿，悄悄地在他最后喝的那杯威士忌里放了催眠药水。所以，他才睡得这么快。

然而，后来，正是因为他为那天晚上自己朝火焰开枪的愚蠢行为感到羞愧，才造成了很大的困难。因为在对克里克讲述整个事件的原委时，他漏掉了这一点。而这差点毁了他自己，因为那晚的射击造成了非常诡异的结果。

第七章　黑暗里的眼睛

莫里顿去睡了，其他几个人可没睡。等他关上门，他们就走出房间，依照约定在书房里碰头。巴塞洛缪医生——因为要在奈杰尔门外，听到他均匀的鼾声，才能确定药水起作用了，所以晚到一会儿——进来的时候，脸上略显担忧。此时，温暖舒适的吸烟室里，没有了欢声笑语，大家脸上都带着些恐惧。

"好了，医生，"看到他走进来，托尼·韦斯特说，"您打算怎么办？我不喜欢韦恩玩失踪，真的。总感觉有点不对劲。他不会为了跟我们恶作剧，就去了布雷利尔家，他也没这心情。其中肯定有猫腻。您是怎么想的？"

医生思考了片刻。

"我们最好出去找找他，"他平静地说，"如果没找到——对了，不要让奈杰尔知道我们出去了——那事情就没有看起来那么简单了，伙计们。说实话，我也不喜欢这样。韦恩是有些蛮横，可他从不喜欢恶作剧。我觉得，如果没有出事，他应该已经回来了。天一亮我们就出发。奈杰尔能睡上几个钟头呢。韦恩总是对他产生不好的影响。注意到了吗，韦斯特？斯塔克？"

两个人点点头。

"是的，"托尼说，"我注意到了，很多次。只要韦恩在场，奈杰尔就像变了个人似的。他——他对奈杰尔好像有股巨大的影响力。他多么憎恨奈杰尔！看到他今晚的眼睛了吗？奈杰尔抢了他喜欢的女孩，我觉得他一定想杀了他吧。"

"是的，"医生沉重地说，"韦恩是个古怪的家伙，他有仇必报。晚上他又喝得烂醉如泥……好了，伙计们，我们坐下来等等吧。"

大家都抽起烟来。接下来的一个钟头里，大家坐在吸烟室里，边抽烟边低声交谈，要么就陷入长久的沉默。终于，医生拿出表看了看，叹了口气。

"三点了，韦恩还没有回来。去收拾东西吧，伙计们。"

所有人都立刻站起身来，紧张的气氛也缓和了些。大家压低声音，悄悄地走进门厅，穿上衣服，戴上帽子，托尼·韦斯特小心地打开前门的门栓。它吱呀响了一两次，不过房子里一片寂静，并没有其他响声。韦斯特推开门，大家站在发白的台阶上，静静地穿上鞋。

医生打开手电筒，照着前面的沙砾小路，让大家看清楚台阶。他们依次安静地走下台阶，最后，韦斯特关上了门。

"漂亮！漂亮！"顺利走到大门时，巴塞洛缪医生兴奋地大喊，"没有人知道我们出来了，伙计们。这一点可以确定。好，我们出去，然后右拐，沿着大路往前走，应该就能走到沼泽地边缘。之后，我们就开始寻找。"

他的话透着沉着自信，大家几乎是本能地服从他。不觉间，他就成了他们的队长。但是——刚刚他说没人听到他们出去？他如果在关大门的时候回头看一眼，就不会这么说了。小路上方的吸烟室里，一张白脸紧贴着窗玻璃，鲍金斯正站在那儿，看着他们像一群夜巡的鬼魂一样，走出家门。

"天啊！"等看清了他们黑色的身影，还有医生的手电筒的光，他突然说道，"所有人都去了……所有人！"然后，他就浑身颤抖着回去睡觉了。

但是医生没有回头。这一小队人静静地往前走，直到沼泽地边缘。在这儿，大家一齐停下脚步，做下一步的安排。三把手电筒把他们站的地方照得像白天一样。医生垂下眼睛。

"伙计们，"他轻快地说道，"要仔细寻找脚印。韦恩一定是从这进入沼泽地的，这是最近的路线。他要是打定主意去那里，就不会走太偏，不然就太蠢了。嘿！这是一个男人的脚印，这还有一个！"

他们顺着脚印往前走，一点也不费力，因为沼泽地浸透了水，脚印很深。很明显，有人从这里走过，而且就在不久之前。脚印摇摆不定，说明这人走路不稳。韦恩离开的时候可一点都不清醒！

"看起来他真的来过！"托尼·韦斯特打破沉默，兴奋地说，"从脚印来看，一目了然。"

他们曲曲折折地穿过单调的草甸子，单薄的鞋子踩在泥里，嘎吱作响，黏糊糊的泥巴无情地溅到裤子上。大家都不怎么说话，皱着额头，眼睛盯着地面。走着走着，头上的天逐渐亮了，天空中朦胧地泛着柔和的雾气，天就要亮了。远处的火焰也逐渐黯淡下来，眼前宽阔的沼泽地笼在薄雾里，雾蒙蒙的，弥漫着寒冷凄怆的死亡气息，有一种难以名状的恐怖。

"唷！这可是我干过的最恐怖的差事！"斯塔克抬头看了看前方阴沉的雾气，突然愁眉苦脸地说道，"明天我们要是全得了肺炎病倒了，可怪不得别人！……还远着呢，是吗，医生？"

"是的，"医生沮丧地回答，"他多傻啊，非得来这儿！……这有一个脚印，又一个。"

是的，之后还有很多脚印。他们跟跟跄跄地往前走着，浑身又湿又冷，身上难受极了，心里也极度不安。医生走在最前面，后面是托尼·韦斯特，其他人则紧紧地跟在后面。突然，医生停住脚步，匆忙地大叫一声：

"我的天啊！"

大家急忙跑过来，围住了他。顺着手电筒的光，他们看清了他看的东西。这时，至少一英里外的地方，火焰闪着昏暗的光，然后逐个熄灭了，如蜡烛被黎明掐灭了一般。

"这到底是什么鬼东西？"托尼·韦斯特问道，他跪下来，眯着眼睛盯着那个地方。

"被烧焦了的草。脚印也在这消失了，"说话的是医生，他显得万分激动，"之前这可能有束火焰。很明显，韦恩没再往前走。周围的沼泽地一点没变，我的脚印也清晰可见……你们认为是什么原因，嗯？"

可是没有人回答。大家都一动不动地站在那里，睁大了眼睛盯着地上这稀奇古怪的东西。医生说得一点没错，脚印确实在这儿不见了，只剩下一块桌子大小、烧焦了的圆形草地。它有什么含义？除了烧焦了草，它还能有什么含义？无论如何，韦恩突然在某个地方消失了。这让人难以置信，但是——他们亲眼所见。那块草地往前，就再没有任何脚印。浸透了水的泥地上也没有任何痕迹。但就在这儿，草长得最深的地方，草地好像被突如其来的热量烧焦了。

托尼·韦斯特直起腰。

"要不是认为这是一大堆谎话和流言堆成的瞎话，我……我真要开始相信那个故事了！"他说着，站起身，看着旁边一张张惨白的脸。"这……这太邪乎了，医生！"

"确实是，"医生深吸一口气，不安地捋着胡须，"邪乎得让人不知道该相信哪个了。要是在东方，人们更可能用宿命论的眼光来看待这件事，可是在这里，在英格兰，任何一个理智的人都不会相信奈杰尔晚上说的那种鬼话。但是……韦恩确实不见了，失踪了！连他的影子都没见着，不过为了保险起见，我们还是再找找吧。"

大家立即从那个邪恶的地方分散开来，找了又找。可是从斑点往前，他们再没找到任何脚印，一个活物都没有。没办法，他们只能返回莫里顿塔楼庄园，去把这件事告诉奈杰尔。

"韦恩是死了，错不了。"托尼·韦斯特说。这时，大家开始慢慢地顺着原路往回走。经过一夜的紧张不安，加上过度劳累，他们的脸庞在苍白的晨光中，都显得惨白又憔悴："具体是怎么回事，我也不知道。很明显，韦恩出去看冰封火焰，然后……火焰吞了他，或是把他烧没了，反正是其中之一。"

"可是无论如何，我都无法相信这种说法！"医生阴郁地摇摇头说，大家在泥地里艰难前行，"如果找不到韦恩——那就只好报告给当局了。我们一早就去报警。"

"是的，村里的警察会受理的，他知道那个传说，一定会相信这件事的，而我们能得到的只有这些！"韦斯特补充道，同时发出一声刺耳的笑声，"我了解这些人……终于回到塔楼庄园了。我没搞错的话，脸贴着窗户玻璃的应该是鲍金斯！"

他赶在大家前面，两步并作一步跑上高大的石阶。他还没到，鲍金斯已经打开了门。他目不转睛地看着韦斯特，张大了嘴巴。

"韦恩先生呢，先生？你们找到他了吗？"他用嘶哑的声音问道。

"没有，一点线索都没有，鲍金斯。你家主人在哪里？"

"奈杰尔爵士吗，先生？他还在睡觉，鼾声如雷。这对他肯定是个不小的打击。韦恩先生……死了？这不可能！"

这时，托尼已经走过去，推开了吸烟室的门，里面温暖的热气非常舒服。他走到桌边，拿起酒瓶，咕咚倒了一杯威士忌，然后喝得一干二净。这样，他感觉好点了。其他人稀稀拉拉地走进来。他一脸严肃地看着他们。

"现在，"他说，"该告诉奈杰尔了。"

第八章　受害者

　　戴克·韦恩就这样失踪了，连尸体都没有找到，只有无人居住的沼泽地里一块烧焦了的草皮。作为招待他的主人，莫里顿必然需要知道，他们这次自作主张的行动一无所获。医生说他来做这件事。

　　托尼·韦斯特陪着他走到奈杰尔的房间外面，这时，他突然想起来，昨天晚上莫里顿把门锁上了。没办法，只能用力敲门，或者把锁撬开。

　　"他吃了安眠药，肯定睡得跟死人一样，"医生摇摇头说，"有小刀吗，韦斯特？"

　　韦斯特点点头。他迅速拿出刀子，开始有条不紊地撬起锁来，熟练程度不亚于老到的窃贼。但他嘴角没有一丝笑容，也没有任何俏皮话。韦斯特的神情，医生紧绷的瘦削的身体，都透着沮丧。那晚，灾难已经悄然降临塔楼庄园，将他们牢牢困在魔掌之中。在这静悄悄的长长的走廊里，在那湿冷的空气中，他们已经感受到它的魔力。

　　终于，锁打开了。韦斯特扭动把手，推开门。医生走到床边，抓住奈杰尔的肩膀，用力摇晃。

"奈杰尔！"他大喊了两声，"醒醒！快醒醒！"

但莫里顿还是一动不动。医生继续摇晃他的肩膀，声音也更大了。

"奈杰尔！我说，快醒醒——醒醒！我们有事跟你说！"

奈杰尔身子突然一扭，挣脱了肩膀。

"放开我，韦恩，你这混蛋！"他睁开眼睛，气冲冲地喊道，"反正这次我赢了，我们的账清了一部分！放开，我说……我……我……巴塞洛缪医生！到底发生了什么事？我在做梦，是不是？怎么了？你好像撞见了鬼！"

他现在完全清醒了，挣扎着坐了起来。医生的表情极度扭曲。

"我……倒希望是撞见了鬼，奈杰尔，"他苦涩地说道，"有鬼也比什么都没有强。我们出去找韦恩了，我……"

"出去了？"

"是的，去沼泽地。我们很担心。你知道，韦恩没有回来，所以我们让你上床睡下，然后几个人一起去沼泽地找他。可是我们没有找到他，奈杰尔。他消失了——无影无踪！"

"不可能！"

这时，莫里顿已经下床了，睡眼惺忪地盯着他们。这股孩子气让医生内心顿时泛起了怜悯。所有人当中，只有他猜到了奈杰尔对韦恩的恐惧，只有他看到了他内心深处那不甚坚定的怀疑态度。

"千真万确，"他平静地说，莫里顿走过来抓住了他的手臂，脸色惨白，"我们顺着他的脚印穿过沼泽地——下过雨，所以很明显——最后脚印突然在一块烧焦了的草地上消失了。这太奇怪了！保险起见，我们又往前找了找，可是什么都没找到。戴克·韦恩消失了，而今晚，那些邪恶的火焰又要在它们长长的清单上增加一位受害者了。"

"天啊！"

莫里顿双唇颤抖，手指也从医生的手臂上滑落。

"可我要说，这不可能，伙计！"他突然大喊道，"这种事我不相信，医生！"

"好吧，信不信由你，不过事实是——韦恩不见了，"医生忧郁地回答，"当然我们必须报警，马上就去。我们会派人去布雷利尔家，看他在不在，不过我觉得他不可能在那儿。我真的不知道他能去哪儿！"

"我也不知道！"莫里顿边用颤抖的声音说，边开始有条不紊地穿衣服，"让一个人给警察局打电话——尽管不知道他们能对我们有什么帮助。警察局很小，上次警长告诉我说一个人不见了，他好像挺愿意接受一个鬼怪的解释的。当然，我们还是要报警……其实我亲眼看到，一束新的火焰冒了出来。"

他说最后几个字时，声音很小，不过医生还是听到了。

"你看到了新的火焰了？噢……当然。你……别担心。我们下一步就去报警。"

但遗憾的是，警察能做的少得荒谬。海格警长对火焰的盲目恐惧彻底打败了他平日的治安训练。他说会尽其所能，但不等到天大亮，不会做任何事情。他对那个传说深信不疑，还说根本不可能找到韦恩。"之前就有人不见了，"他只是说，"但我们连他们的影子都没找到！"

莫里顿很快给布雷利尔打了电话，确定韦恩没有去韦瑟斯比庄园。布雷利尔接的电话，说他纳闷韦恩为什么还没有过去，以为准是他们留他在塔楼庄园过夜了。

"但是，"他继续说，"你说你们在一点钟左右才睡，而韦恩刚过十点就出去了——我实在想不出他到底做什么去了……"

"他出去调查那些邪恶的火焰了！"莫里顿惭愧地解释道。接着他清晰地听到电话那头布雷利尔大声咆哮。

"嗯——什么？你说什么？他出去调查火焰了，莫里顿？哪个蠢货让他去的？你们肯定知道火焰的传说吧？"

"我们知道，也尽力劝他不要去，布雷利尔先生，"莫里顿疲倦地回答，"可他还是去了。您也非常清楚戴克·韦恩的性格。他是铁了心要去。他一直没有回来，他们几个人就出去找他，不过什么都没有找到，只在沼泽地里发现一块烧焦的草皮，在那里，他的脚印消失了……那他是没去您那里？谢谢。非常抱歉打扰您了，我知道您能理解我的心情。我们一有消息，就会立刻通知您的。是的……太可怕了，不是吗？这么……这么邪乎……"

他一脸憔悴地挂上电话。

"好了，韦恩没有去那里，"他对围着他的一圈人说，"能做的都做了。现在我们只有耐心等待，看海格警长能有什么发现。我提议，大家趁太阳还低，去睡一会儿。这是目前最应该做的事。"

之后的几天，事情几乎没什么进展。原来，韦恩既没有亲人，也没有朋友。当地的警察什么忙都帮不上。他们之前接到过类似的案子，非常乐意作壁上观。之前高涨的热情也开始消退了。案子被记在备忘录里，很快就连同案件中的人物一起被忘记了。

但是奈杰尔绝不就此满足。他和戴克·韦恩表面上是朋友，实际是敌人，但这没有任何作用。戴克·韦恩来莫里顿家做客，结果没过多久就消失了。这个问题并没有同莫里顿大宅的主人一同逝去。多少个漫长的夜晚，他和巴塞洛缪医生把这件事谈了又谈，努力重现它、研究它，寻找新的线索，以及任何可能解决问题的新东西。但这样的谈话总是徒劳无功。他已经把所有的石头翻了个底朝天，路上干巴巴的沙土里很难有新发现。

他清明的幸福天空突然飘来了一块乌云，让它一度不再完美无瑕。戴克·韦恩的死亡之谜不能解开，他就无法结婚。这是难以想象的事。

托尼·韦斯特说他要出毛病了，需要作出改变。

"来伦敦见见朋友。"韦斯特建议说。但是莫里顿从来不听。

好像只有安托瓦内特理解他的感受，这让他们更加亲近了。她也觉得，目前结婚是不可能的事情。尽管布雷利尔不断催促，她始终坚守立场，说他们想再等等。

"我一定要解决这该死的案子，安托瓦内特，"在那之后的漫长的日子里，他不断对她说，"无论花上多少年。戴克·韦恩不能算是真正的朋友，但他是在我家做客期间消失的，我一定要找到事情的真相。"

可是，如果他知道他们将会遇到什么样的困难，他还会如此执着吗？谁知道呢？

晚上，莫里顿最是深受其苦。当夜幕降临，莫里顿就一夜又一夜地坐在那儿，看着远处不变的画面，在那个不平静的夜晚，他已经让同伴们看过的画面。火焰依然发疯似的跳动，仿佛在嘲笑他，并将戴克·韦恩神秘失踪的真相巧妙地藏匿起来。莫里顿一连数个钟头坐在那儿，看着它们，有时甚至跟它们说起话来。

他怎么了？他疯了吗？还是可恶的戴克·韦恩因为他抢走了安托瓦内特而在报复他呢？死后让魂魄回来纠缠他的敌人，有时，莫里顿觉得这就是一直困扰着他的问题的答案。

第九章　第二名受害者

对莫里顿塔楼庄园的改造工作非常成功，至少从建造者的角度来说是的。新刷的白漆驱散了部分阴森的气氛，但也有人说这恰恰破坏了建筑的整体美。然而，能够打开窗户，看到房间里温暖诱人的壁炉，还有那明媚的阳光，真算得上是一大改善了。

对于这些改变，鲍金斯总持着批评的态度。他一向信奉"随它去"的原则，在他看来，革新就是犯罪，而搞现代化则完全是愚蠢。他觉得房子的庄严不复存在。等到奈杰尔找来了新用人，向来温和的鲍金斯直接绝望而痛苦地大叫了。他不能容忍饰边围裙，就像他不能容忍妇女干不属于她们的工作一样。

要说女佣的事只是让他气愤的话，那么，当莫里顿进城，没过几天就带回来一位身材矮小、体格粗壮、操着一口刺耳的伦敦腔的家伙时，他终于忍不住了。莫里顿说他是自己的"勤务兵"。"不管他是什么。"鲍金斯没完没了地对马夫助手狄默科说。詹姆斯·柯林斯很快成为家中不可或缺的人物，但实际上，他仅仅是无足轻重的一员，灾难的齿轮就要将他碾碎。

还不到一周，他已经完全适应了新环境。事实上，柯林斯是理想的"男仆"，他自己也喜欢这么想。他和鲍金斯经常探讨主人的好恶，不过最后总是柯林斯胜出。其他人都很喜欢他，信任他，可是一看到他那张诚实的红脸和姜黄色的眉毛，鲍金斯就气不打一处来。

事情的高潮发生在一个秋天的夜晚。当时，晚报迟迟未到，柯林斯就去问鲍金斯，结果碰了一鼻子灰。

"喂，"他说——他不太尊重鲍金斯，也毫不掩饰——"老爷的报纸到底去哪里了？是不是你偷偷拿去看了，苦瓜脸？不要脸的东西！"

"我可没你这么没礼貌，柯林斯先生，"鲍金斯没好气地回答，"跟绅士说话的时候，最好注意你的说话方式。奈杰尔爵士的晚报和我没有半点关系，你很清楚。如果还没到，你是不是可以去邮局和那儿的当官的说说呢？"

"噢，那好吧，老家伙，"柯林斯回击说，同时和善地笑了笑，"别为了这个生气，为以后省省吧。老爷一直催着要，多半是到不了了。现在几点了？八点半。"他摇了摇尖脑袋，"好吧，就按你说的办。我戴上帽子，穿上外套，就去那该死的邮局。哪条路最近，鲍金斯，看我漂亮不？"

鲍金斯看了片刻，脸上呈现暗红色。然后，他挖苦地笑道：

"你大概很勇敢，不会害怕走沼泽地吧，"他说，"那里的火焰吓不倒詹姆斯·柯林斯先生这样的英雄。噢，不会的！走大路要走三英里，从那能少走一英里。这是最快的路线，但是我不建议你走这条路。不过，这全看你自己。放心吧，奈杰尔爵士问起的话，我会告诉他你去哪里了。"

"好的！穿过沼泽地是最快的路线，你说的。好，我今晚就试试看。这次算你对了。我一点都不怕。跟你说，区区几束小火苗还吓不倒詹姆斯·柯林斯。回见。"

鲍金斯站在餐室的窗边，透过薄暮看着柯林斯健壮的身影从他眼前晃过。他咬了咬嘴唇，仿佛要去追他。

"不，我要是去追他就犯傻了！"他突然说，"既然他知道那么多，那就让他去冒险吧。反正我警告过他了，我已经尽力了。下面就看那些火焰了。"说完，他大笑起来。

可是詹姆斯·柯林斯没有回来，他早该回来了，晚报也已经到了，是邮局站长的儿子雅各布送来的。雅各布没有见到柯林斯，莫里顿不知道詹姆斯去邮局取报纸了，之后的几个钟头里，时间一点点过去，没见到柯林斯，他也没问什么。

晚上十一点，大家都去休息了。莫里顿仍然不知道他的男仆失踪了，也上床沉沉地睡去。第二天早上，鲍金斯出现在他床边时，他才得知柯林斯不见了。

"柯林斯去哪里了？"莫里顿怒气冲冲地问道，他不喜欢鲍金斯，鲍金斯也非常清楚。

"我也正想知道呢，先生，"鲍金斯勇敢地回答，"我只知道，他打昨晚出去就没回来。"

"昨晚？"莫里顿笔直地坐在床上，手指插在头发里，"你到底在说什么？"

"柯林斯昨晚就出去了，先生，去给您取报纸。至少他是这么说的，"鲍金斯耐心地回答，"据我所知，他还没有回来。我不知道他是不是中途去了酒馆，有没有抄近道走沼泽地去邮局我也不敢说。但是……他还没有回来，先生！"

莫里顿看起来非常担心。柯林斯在他的心里占有重要的地位。他绝不希望他发生任何意外。

"你是说，"他突然说道，"柯林斯昨晚去邮局取报纸，还愚蠢地抄近道穿越了沼泽地？"

"我告诫他了，"鲍金斯说，"他说他想走那条路，还说冰封火焰根本吓不倒他。他说话时非常无礼。不过我确定他去了。"

"那你昨晚为什么不告诉我？"莫里顿跳下床，愤怒地大喊，"你知道……知道韦恩先生消失的事，还故意让他去送死。要是詹姆斯·柯林斯有个三长两短，鲍金斯，我就……我就扭断你的脖子。明白吗？"

鲍金斯脸色更惨白了，他退了一步。

"奈杰尔爵士，先生……我……"

"柯林斯什么时候去的？"

"八点半左右，先生！"鲍金斯有些颤抖地说，"信不信由你，先生，我真的尽力劝他不要去，太危险了。我求他想都不要想，可是柯林斯就是头倔驴——原谅我的用词，先生——他执意要去拿您的报纸。我发誓，先生，这件事跟我没有关系，昨晚我睡觉时他还没有回来，我对自己说，'柯林斯去酒馆放松去了'，然后也没再多想，想着他晚点就回来了。不过他的床没动过，哪里都找不到他。"

莫里顿转过身，用敏锐的眼光看了他半天。

"我喜欢柯林斯，鲍金斯，"他突然说，"我们认识很长时间了。我不希望他在我这儿当差的时候有什么三长两短，仅此而已。你现在出去，各方打听消息。让狄默科去村子里，仔细查看每一家酒馆。要是找不到他……"他紧闭双唇，"我就去报警。我要找全国最好的侦探调查这件事，我要请克里克亲自调查，哪怕倾家荡产，反正我要找到他。这些火焰作恶太多，我已经无计可施了！"

他傲慢地朝鲍金斯挥挥手，让他出去，然后心情沉重地继续穿衣服。万一柯林斯落个和戴克·韦恩一样的下场怎么办？那些火焰为什么如此凶残，能让人消失得无影无踪、无声无息？肯定有人能揭开这些谜题的真相。

"如果今天上午柯林斯不出现，"他一边用颤抖的手刮胡子一边对自己说，"我就坐十二点的火车去伦敦，直接去伦敦警察局。我一定要找到他……妈的，我一定要找到他。"

但是没有找到詹姆斯·柯林斯。他不见了——消失得无影无踪。没有人见过他，只有鲍金斯一个人知道他很可能在夜里穿过沼泽地了。事实上，并不是柯林斯自己"说"要走沼泽地的，不过，鲍金斯没跟自己计较。他就这样消失了，就像戴克·韦恩、威尔·迈尔斯以及其他所有人那样，消失了。在二十世纪的英格兰，被火焰吞噬了！不过事实就是这样。戴克·韦恩消失了，现在詹姆斯·柯林斯又步了他的后尘。一束新的火焰出现了，比其他的都更新、更亮。莫里顿亲眼所见，这才恐怖。他亲眼看到火焰出现，就像戴克·韦恩不见了的那天晚上一样。不过这次他没有朝它开枪。相反，他打包了一个小包裹，跑过去跟安托瓦内特告别，只告诉她去城里一趟，别的没说。然后，他坐上十二点的火车进城了。一辆出租车飞快地把他送到了伦敦警察局。

第十章　奇案与淑女

正是这一连串的事件，让年轻的莫里顿走进了纳克姆先生的办公室，克里克坐在那儿，以"海德兰德先生"的身份，听奈杰尔爵士讲述整个事件。

听他说完"而且两个人的尸体都没有找到"，克里克突然从椅子上转过身，大喊：

"一派胡言乱语！"

他敏锐地看了看莫里顿吃惊的眼睛，继续说："当然，火焰肯定是个骗局，这是不言而喻的。关键是要找到他们在掩饰什么。找到了这点，问题就解决一半了，而其余的问题也就能迎刃而解了……怎么样，纳克姆先生？好，这个案子我接了，奈杰尔爵士。我是克里克——汉密尔顿·克里克，愿意为您效劳。请你再把事件从头讲一遍，我有几个问题要问你。"

一小时后，莫里顿离开伦敦警察局，觉得轻松些了，这段时间以来，他一直很沉重——事实上，戴克·韦恩不幸消失之后，他的生活就蒙上了悲伤的气氛。他向克里克吐露了心声——毫无保留。对此，克里克也显示了相当的尊重，而这也赢得了莫里顿的心。事实上，莫里顿觉得克里克不仅是一名侦探，更是一个朋友。克里克的穿戴和外貌还挺让他吃惊的，但他听说过他与生俱来的超能力，觉得他无所不能。无疑，他确实富有同情心。

克里克很清楚他和戴克·韦恩的关系。靠着他敏锐的直觉，他从奈杰尔的神情和手势，而不是他的话里，感到韦恩对他有特殊的影响力。克里克已经有了自己的结论。他听说过奈杰尔和安托瓦内特·布雷利尔订婚的消息，也知道戴克·韦恩的反应。其实，尽管莫里顿从未向别人提起过，也不想告诉克里克，但他和韦恩之间的私人恩怨，克里克都知道。

这就是克里克的风格。他获取别人的信任，并以此找到真相。两个人很快成了朋友，克里克和纳克姆先生答应，几天之后，他们会来费奇沃斯，对案子作进一步调查。他们说好以奈杰尔爵士朋友的身份露面，因为克里克觉得，这样他就能悄悄地调查，破案也会更顺利。

但只有一件事奈杰尔没有提及，那就是在那个意义重大的晚宴之夜，自己愚蠢荒唐的举动。只有他和巴塞洛缪医生——他对一些事也是守口如瓶——知道手枪射击事件，当然这是他自己掌握的情况。他为自己当时徒然无用的荒谬举动感到可耻，不敢让其他人知道，因为那样别人就知道他喝高了。它可能对整个案件没有什么影响，而且万一安托瓦内特听说了，那他就出丑出大了，说不好还要被训一顿——这个他可一点都不喜欢。

莫里顿离开警察局，走进秋日温暖的阳光，他面朝着天空，觉得幸亏自己来伦敦，找到了可靠的人。他现在要做的就是返回莫里顿塔楼庄园，尽快弥补这离开安托瓦内特一天的时光。

莫里顿先去了摄政街上的一家大型糖果店，又去了皮卡迪利街上的一家小珠宝店，之后，他带着包裹，在滑铁卢满心欢喜地坐上火车。三个小时后，他在费奇沃斯下车，叫了那唯一的出租车——他忘了通知塔楼庄园的人自己提前回来了——径直去了韦瑟斯比庄园。

他推开大门时，安托瓦内特正在床边坐着。看到他，她迅速起身，沿着车道朝他飞奔过来。

包裹里的东西让她乐得像个孩子。他们进了房子一段时间之后，奈杰尔才问起她的叔叔。

她很少愁眉苦脸，奈杰尔第一次注意到她脸色有些苍白。

"叔叔已经走了好几天了，"她回答说，"他说是公事……能怎么办呢？不过我告诉他，在这所大房子里，我会孤单的，而且我——我非常害怕那些彻夜闪烁不停的小火苗。一个人我睡不着，奈杰尔。我知道我像个孩子，可是我也没办法，我真的很害怕。"

像往常一样，情绪激动的时候，安托瓦内特的口音就会更明显。他温柔地抚摸她的头发，仿佛她真是个孩子。

"我的小可怜！我真希望今晚能过来在这住。让那些习俗见鬼去吧！可是我还要准备迎接客人，他们明后天就会过来。"

"客人，奈杰尔？"

"是的，亲爱的。有几个朋友要过来暂住一段时间，今天在伦敦见着了。"

"你到底去干什么了，奈杰尔，说实话？"

他有点脸红，幸亏这时她转过身去整理衬衫领子。他不想对自己未来的妻子撒谎。可是他已经答应克里克了。

"噢，"他不假思索地说道，"我……我去裁缝店了。然后去给你买了那个小玩意儿还有你爱吃的巧克力，之后就回来了。我是在街上碰到他们的，人都挺好的——至少一个是这样。我之前认识他朋友的朋友，一个叫艾尔莎·罗恩的女孩。另一个人刚好也在场，所以我也邀请了他。你不用太担心他们，安托瓦内特。他们非常喜欢乡下，到了我们这儿，肯定会跟其他城里人一样，出去到处打猎……既然布雷利尔先生不在家，我最好还是回去吧。真希望我们已经结婚了，安托瓦内特，那样我们就不用一次次地别离了。你也不用再做噩梦了，小可怜。只有幸福和快乐，还有……好多其他好玩的。别担心，我们很快就会结婚的，不是吗？"

她突然抬起头，看着他的眼睛，眼神里透着痛苦和不安。他靠近了她，显得很急切。

"怎么了，亲爱的？"他担心地低声问道。

"只是……戴克·韦恩，这些天我的脑子里全是戴克·韦恩，"她颤抖着回答，"你知道，奈杰尔，我就是个傻孩子，我知道，可是我没办法和你结婚，除非——等一切都水落石出了，不管他是死了还是失踪了，或是别的什么可怕的事情，最终有了结果。说不出来为什么，我总觉得自己负有责任。仿佛他的魂魄夹在我们中间，不让我们幸福。告诉我是我太傻了，求求你。"

"你真是太傻了。"他顺从地说道，满不在乎地笑了笑，来表明自己的态度。但他内心深处很清楚她的感受，也完全理解。他也有同样的感觉。他和戴克·韦恩的联系还没断，反而因为他的离奇失踪加强了。他沮丧地想，自己什么时候才能重获自由啊，接着又在心里偷偷地笑自己，笑自己这样胡作非为、小题大作。当然也有安托瓦内特的因素。他们都愚蠢至极。不管怎么说，克里克很快就要来查明真相了。他满心希望能告诉安托瓦内特，这也能让她放松紧绷的心弦。不过他已经答应克里克了，而对他来说，诺言神圣不可亵渎。

他和她吻别，笑了笑，然后返回莫里顿塔楼庄园准备迎接他们的到来。但乌云再次降临，又一次遮住了太阳。当他关上大门时，嘴角没有一丝笑意。

第十一章　火焰的真相

众所周知，费奇沃斯是个小型航运中心，拥有一个微型港口，位于滨海的林肯郡的沼泽地带，在索尔特弗利特湾母亲般的怀抱里，慵懒地昏昏欲睡。

就在克里克和纳克姆先生抵达莫里顿塔楼庄园的那个早晨，他们打扮成两个无所事事的家伙，在伦敦玩腻了，喜欢上了这一带的乡村生活，一个叫乔治·海德兰德，另一个叫格雷戈里·雷克先生。对这里的地形，克里克可以说是了如指掌。他清楚费奇沃斯的一切——除了冰封火焰的秘密，而他也很快就会知道了——对索尔特弗利特湾的交通状况以及它那小小的港口，他同样一清二楚。

他甚至对韦瑟斯比庄园进行了同样细致深入的研究，把一切能从旅行指南、游客询问处之类的地方得到的信息都装进了他那非比寻常的大脑深处。

鲍金斯站在吸烟室的窗户边——这是他最爱的藏身之地，从这儿他能清楚地看到外面，而不会轻易被人看到——看到他们沿着宽阔的车道走过来，脸上不大高兴。昨天晚上莫里顿已经给了他指示，而鲍金斯也是个眼尖的家伙。那个矮胖的家伙怎么都不像平日里莫里顿请到塔楼庄园的客人。

不过他还是用夸张的动作打开门，并告诉他们"奈杰尔爵士在客厅"，然后傲慢地引着他们走向客厅。

克里克一眼就把房子看了个遍。宽阔幽深的门厅；房子传统的外形，刚刚被现代的工人修饰一新；还有他经过的每扇窗户、每扇门：这些他统统记入脑海。去往客厅的路上，他根据奈杰尔爵士的讲述在脑海里重现那晚的场景。吸烟室的门开着，显示着它的用途；戴克·韦恩命中注定似的，费劲地从衣帽架上取下外套和帽子，东倒西歪地走出去，最后被人遗忘，他喝得半醉，被比醉酒还要猛烈的东西激怒了——如果莫里顿说的是实话的话，当然克里克相信他说的是实话。实际上，就是在这间吸烟室里，莫里顿讲述了那个传说，并最后导致了那场悲剧。嗯。这里确实有很多问题要查明，还要看作战部那个案子如何发展。毫无疑问，他手里的时间可一点都不充裕，而想到这个向他寻求帮助的人是艾尔莎·罗恩过去的朋友，而她是他最珍爱的女人，这让他产生了更加浓厚的兴趣。

刚见面，他就向莫里顿抱怨自己的新身份百无聊赖的生活，其间，鲍金斯一直紧紧地盯着他。纳克姆先生也演得很成功，得到了他那大名远扬的伙伴赞扬的一瞥。

"你好啊，老伙计，"克里克边说边伸出一只手，同时把左眼上的单片眼镜按得更紧了，"非常高兴又见面了，真的。极其漫长的旅途啊，对吧？要我说，你这房子真不赖啊。你觉得呢，雷克?"

莫里顿倒吸一口气,咬住了嘴唇,他突然认识到刚刚跟他说话的人是谁,努力想找到一个合适的回答。

"嗯……是的,是的,当然,"他回答道,有点语无伦次,克里克扮成的新形象真让他大吃一惊,"你一定累坏了吧。冷吗,海……海德兰德先生?"

听到他在名字上的迟疑,克里克皱了皱眉。他可不想让别人有机会猜到自己的身份,鲍金斯就在房间里,可能已经听到了,他那种人耳朵都很尖。

"还好。"他回答,这时管家出去关上了门。"至少吧,奈杰尔爵士,"他改用正常的声音说,"来的路上确实挺冷的。已经入冬了,你知道。那是你的管家?"

他朝关着的门点点头,皱着眉头问道。

莫里顿点了点头。

"是的,"他说,"那就是鲍金斯。看着像个可靠的家伙,不是吗?不过我自己倒不太信任他,海……海德兰德先生(很抱歉,我老是记不住你的名字)。我觉得他总是躲躲闪闪的。你觉得呢?"

"等我好好看看他再告诉你,"克里克有所保留地回答,"很多老实本分的人都有点躲躲闪闪的,奈杰尔爵士,反过来也成立。这不能说明什么问题,你知道。好了,亲爱的雷克先生,觉得这个角色有点难度吧?"他朝纳克姆先生笑着说。纳克姆先生极度不安,他悲哀地抚弄着衣领,跟自己平时随意的装束相比,这个又高又紧。"别担心。就像诗人说的，'整个世界就是座舞台，天下的男男女女，等等'。你只不过是其中的一员罢了。记住这点。还有，大家不会总盯着你。奈杰尔爵士，我问你，难道我们的朋友不像一位——上了年纪的花花公子吗？"

奈杰尔笑着表示肯定，而纳克姆先生的脸立刻变得通红，气氛也活跃了。这正是克里克想要的结果。

他们移步来到吸烟室，壁炉里圆木正熊熊燃烧，舒适的椅子让人忍不住要坐下来。鲍金斯在场的时候，他们就故作姿态地大谈一些时髦的话题，抽着雪茄，好像对于他们来说，时间毫无意义，而生活就是一个棋盘，他们可以随意移动棋子。但何时才能破案，连克里克自己都不知道。然后，他突然抬起头，不再皱着眉头观察炉火。

"对了，"他突然说道，"希望你不要介意，我的男仆带着我们的行李坐下一趟车过来。我每次出门都带上他，帮了我不少忙。你可以为他找个地方住吗？我该提前给你说的，把这事忘得一干二净。他也帮我做其他事情，而且也要好好调查一下你的仆人，你知道，奈杰尔爵士……你能给多洛普斯找个地方吧，能吗？不然，就让他去住旅社。"

莫里顿坚决地摇摇头。

"那肯定不行，海德兰德先生。哪有这个道理。你知道的，只要能帮助你查案，任何人来莫里顿塔楼庄园都欢迎。不妨实话告诉你，他不太可能从鲍金斯身上得到太多信息。"

"嗯。不过那还不一定，不是吗，纳克姆先生？"克里克笑着回答，"多洛普斯很有一套，而且他非常清楚。我担保，鲍金斯没有什么事能逃过小家伙机敏的眼睛！好了，天很快就要黑了，奈杰尔爵士，那些火焰呢？如果可以的话，我想看一下。"

莫里顿把头转向窗户，看到夜色渐浓，在炉火和电灯的作用下，室内还很明亮。他站起身来，显得有些兴奋。他一直期待的时刻终于到来了，这位大侦探就要解开围绕着两起失踪案和一堆愚蠢的闪烁着的小火苗的谜题了。

他转过身背对着窗户，眼睛闪着光。

"看，"他快速地说道，"它们刚好开始出现了。看到了吗？克里克先生，看到了吗？告诉我它们到底是什么东西？跟戴克·韦恩的失踪有什么联系？"

克里克慢慢站起身，大步走到窗边。初冬渐浓的夜色里，远处的沼泽地上，一束束火焰接替出现，零零星星的，散落在正前方的地平线上。克里克盯着看了很久。纳克姆先生走过来，从他身后探出头往外看。他揉了揉眼睛，又看了看，然后立刻吃惊地叫了一声"上天保佑！"，接着又陷入了沉默，眼睛盯着克里克的脸。奈杰尔爵士也看着他的脸，显得很紧张，有些焦虑不安。

可是，克里克只是站在窗边，手插在裤袋里，哼着小调，看着这个让全村人都觉得是巫术的奇异现象，好像那东西一点不让他吃惊，好像他还觉得有意思。他确实觉得有意思。

终于，他转过身，依次看了看他们的脸，咧嘴笑了笑，眼神里透着怀疑、惊奇，还有快乐。"天啊！"最后，他有些吃惊地喊道，"你要跟我说，全城的人都被这样简单得难以置信的东西骗得团团转？"他用大拇指指了指窗外的火焰，抬起头笑了笑："你们从学校学的常识去哪里了？他们一点都没有教你们吗？让我觉得好笑的，是竟然有人——抱歉——如此愚昧。想知道那些火焰是什么，嗯？"

"嗯，非常想知道！"

"好吧，想想吧，你竟然会为了它睡不着觉，人类是多么的愚蠢啊，不是吗？当然，没有冒犯你的意思。至于你，纳克姆先生——或者格雷戈里·雷克先生，为了保险起见，我最好记着要这么称呼你——我都为你感到难堪，真的！你都这么大岁数了，更该知道的。"

"可是，那些火焰，克里克，那些火焰！"声音透露出莫里顿已经紧张到了极点。克里克立刻变得严肃起来。他伸出手放在年轻人的肩膀上。莫里顿全身发抖，克里克手放上来，他立刻平静了，正像克里克想要的那样。

"看，"克里克直截了当地说，"不要这样自己吓唬自己。对你没什么好处，不然身体有一天会垮掉的。那些火焰，嗯？我想任何一个对自然现象有足够了解的人都能回答这个问题。看来我错了。那些火焰只不过是沼气罢了，奈杰尔爵士，是植物的腐败产生的，所以只出现在这种沼泽地带。唷！想想吧，大家竟然把它们当成天外之物！"

"沼气，克……"

"叫我海德兰德。这样更好，万一需要，最好记牢，"克里克笑着回答，"是的，是沼气——仅此而已。"

"可什么是沼气，海……海德兰德先生？"莫里顿还是不太自然。

克里克在一张椅子上坐下。

"最好坐下来听，年轻人，"他温和地说，"要是不感兴趣，这个话题会非常无聊。不过你最好了解一下——你好像在学校里没学过。是这样的：沼气，又叫甲烷，是链烷烃中最简单的碳氢化合物。我不知道你们是不是理解，不过你们想知道，我就告诉你们。"他又笑了笑，莫里顿神情严肃地摇了摇脑袋，这时，胖胖的纳克姆先生则丢掉了他那有些夸张的厌烦情绪，变得很感兴趣，全身心投入地听着。

"继续说，老伙计。"他急切地说。

"甲烷，"克里克沉着地说，"是一种无色无味的气体，微溶于水，燃烧时火焰呈淡黄色——正是你们看到的那些闻名遐迩的金黄色火焰——生成碳酸和水。如果我没记错的话，在美国的油田，还有高加索，都有这种气体从地下冒出来，有些地方——特别是巴库——它被当成圣火燃烧很多年了。你看，这就是个环境和教育的问题，奈杰尔爵士。"

"我的老天！你是说那些可恶的火焰根本不是由人或是超人的力量点着的！"这时，莫里顿大声喊道，"也跟韦恩和柯林斯的失踪没有任何关系？"

克里克断然摇了摇头。

"对不起，"他说，"我没有这样说。你的第一句话，我完全同意。这些火焰只能是上帝点着的。而上帝永远是神秘的，奈杰尔爵士。至于它们跟那两个人的失踪有没有关系则是另外一码事。我们以后会调查的。在煤矿里，沼气很危险，煤矿工人都叫它瓦斯。当然这不是重点。关系最大的是，你说在沼泽地上有一块烧焦的草皮，而失踪的戴克·韦恩的脚印也在那个地方戛然而止。嗯。”

他突然不再说话，站起身走到窗边。他站在那朝外看了一会，眉头紧锁，表情严肃，表明他正在思索。

纳克姆先生和莫里顿都用诧异的眼神看着他。莫里顿对克里克的独特而强大的头脑知之甚少，至少对他来说，一个警察能有这样渊博的知识，实在是出人意料。

“你不觉得，”他打破沉默说道，“这个——沼气可能要了韦恩和柯林斯的命吗？比如把他们活活烧死？”

克里克没有回答。他们只看到他的肩膀抽动了一下，好像他现在不想被人打搅。

“不知道，”他简洁地回答道，“如果真是这样，那尸体呢？……天啊！果然不出我所料！过来，先生们，你们可能会对这个感兴趣。看那边那个火焰！不是沼气！是的，有人为的因素，奈杰尔爵士。有沼气，也有——别的东西。这些沼气火焰被人为放大了。可为了什么目的呢？有什么原因？这就是我们需要查明的地方。”

第十二章　夜间的贼

多洛普斯的到来引起了仆人们极大的兴趣。新来的女佣都很接受他，因为他年轻，又聪敏，她们喜欢新鲜的事物，不喜欢一成不变。鲍金斯却一个人站得远远的。在他看来，多洛普斯优美年轻的身材、姜黄色的头发，还有那刺耳的伦敦腔——克里克一直想帮他去除，可是从未成功——都跟詹姆斯·柯林斯如出一辙，尽管柯林斯年岁更长，身材更矮，也更成熟。听到他的尖锐而年轻的声音，就让人汗毛倒竖。就好像詹姆斯·柯林斯又借着这个东区的穷小子复活了，他可一点都不像他那慢吞吞的骄奢的主人。

但是多洛普斯已经为自己的任务做好了准备，马上就起劲地干起了来。

"已经在这很久了吧，鲍金斯先生？"大家坐下来吃晚饭的时候，他问道，同时自己开始大嚼面包、黄油和鱼酱，唯一的缺点就是不得体。

鲍金斯嗤笑一声，把自己的杯子递给女管家。

"我敢说，那时还没你呢。"他尖刻地回答。

"真的吗，玛士撒拉老人家？"多洛普斯看着管家的脸，孩子一样咯咯地笑了笑，"好吧，我都这么大岁数了，你肯定早过了壮年了，希望你不要介意……有趣的是，在来的路上，我碰到一个来这拜访朋友的家伙，他告诉我一个我听过的最离奇的故事。好像跟什么火焰有关——冰封火焰还是冰柱、霜之类的东西。可是他神神秘秘的，什么都问不出来。你们谁能跟我讲讲吗？他把我的好奇心全吊起来了，真的！"

鲍金斯阴险地扫视一眼餐桌，每只眼睛都紧紧地盯着他，他清了清嗓子，身上的铜扣马甲明显地隆起了些。

"要是聪明的话，年轻人，就好自为之，少掺和别人的事！"他简洁地说道，"是的，是有这么个传说——听了会很不舒服。今晚你去吸烟室，等夜幕降临，就能透过窗户亲眼看到外面的冰封火焰，也就不会再问这些愚蠢的问题了。前段时间，我们这儿的一个仆人——一个粗鲁无礼的伦敦佬——就失踪了，他不听劝，执意要在晚上穿过沼泽地。从那以后，我们再也没见过他——你也看得出来，我一点都不觉得悲伤。"

"继续呀！"多洛普斯的话里透着难以置信、诧异和充满敬畏的好奇，这让管家挺高兴。

"千真万确！"他严肃地回答，"在此之前，奈杰尔爵士的一个朋友——一个身材高大、正直而令人敬佩的绅士，叫戴克·韦恩——也去了那里。他喝多了酒，觉得这个传说很可笑，说要出去亲自调查一下。那天以后，他再也没回来。"

"天啊！噢，太可怕了！等夜幕降临，你就不会这么热心了！"多洛普斯突然插进来说，他的声音因为恐惧而有些颤抖，而且是打心里的恐惧，"非常感激，就像您说的那样，鲍金斯先生，我会好自为之。您是一位聪明人，真的！"

这让鲍金斯觉得挺受用，他继续说道。

"我不是说所有的伦敦佬都跟柯林斯一样，"他宽宏大量地说，"毕竟林子大了，什么鸟都有。如果你愿意的话，我带你去猪哨酒馆，和我认识的一个伙计聊聊，他跟你说的，会让你汗毛倒竖。有时间的时候尽管来找我，我们一起出去走走。"

多洛普斯高兴地咧开嘴笑了。

稍晚时候，克里克正不慌不忙地打开行李箱，把五颜六色的领带挂到梳妆台镜子的支架上，多洛普斯一边把克里克晚餐的衣服拿出来放好，一边得胜了似的说，一向令人生畏的鲍金斯答应带他去猪哨酒馆。

"干得不错，小子，不错。去接近他们！"克里克笑着回答，"如果我的预感没错的话，在这儿的生活将会非常热闹，像胶水一样死死地黏住他，不要让他溜了。他去哪儿你都跟着，同时也要时刻留意其他的仆人。我们需要调查这些冰封火焰。我非常怀疑鲍金斯。他这种人通常比其他任何人知道的都多，他也好像一直在仔细琢磨我。我不知道他是不是已经识破我并不是花花公子，要是这样就太糟了……我该穿衣服了，孩子……来，把那件衬衫递给我，好吗？"

那天晚上比克里克预想的更让人兴奋。像乡村的家庭一样，大家早早地去休息了，可是克里克没有去睡。他坐在开向沼泽地的窗户旁，看着那串在地平线上跳跃的火焰，努力寻找谜题的答案。

远处教堂的钟敲了十二下，但他依然坐在那里。夜晚的宁静平和悄悄地占据了他的心，让他活跃的大脑获得了一丝闲适，在伦敦紧张忙碌的生活中，他已经很久没有这种感受了。他很高兴自己接了这个案子，哪怕是为了这乡下的夜色，人迹罕至的沼泽地里的这份宁静，还有此时此刻没有任何活物打扰的这份孤寂。

教堂的钟又敲了一下，他全没有留意。一点零二分——一点半——他突然坐直了身子，然后悄无声息地站起身，静静地走到床边——床又大又黑，铺着厚重的床罩，挂着厚重的床帏，和这所房子一样，是个维多利亚时期的老古董。他像猫一样，脚步悄无声息，敏捷而稳当。他摸到床罩，一把扯下来，弄乱被褥，把枕头塞到下面，这样看起来他正躺在毯子下面，安静得睡着了……然后，他又像只豹子一样，敏捷地滑到床下，没发出一点声音……这时，又响起了那个声音。是大厅里的脚步声，接着，房间的门被悄悄地推开了，脚步也停了片刻。他感到有人进了房间。如果是多洛普斯，他会打招呼的。如果不是——周围漆黑一片，他躺在那儿，尽力屏住呼吸。他看到穿着袜子的双脚的黑影从月光下走来，禁不住吸了一口气。男人的脚？……会是谁的呢？……这时，有人用力动了一下床，但是没有声音。好像是用什么硬物猛戳床铺。脚步声又响起来了，不过这次很急促，同时深呼了一口气——充满了被压抑的、强烈的憎恨。接着，那人轻轻地朝房门跑去，当他走到月光下，克里克从藏身处往外看，他看到了！一张象牙色的脸上，微微眯着双眼，下颌像斗牛犬一样宽大而突出，上唇留着凌乱的黑色胡须。月光清澈无比，他清楚地看到，那人手里紧紧地握着一个尖锐的物件，好像是一把刀——那就是一把刀！

接着，人影消失了，房间的门也被静静地关上了。

嗯。看来冰封火焰的问题已经紧迫到这种程度了。竟然要在费奇沃斯爵爷的家里杀了他。他慢慢从床下面挪出来，谨慎地点上蜡烛，刚从那狭小的空间出来，身体还有点僵。接着，他神情严肃地仔细检查床铺。被褥上有个明显的切口，足有三英寸长，贯穿下面的枕头——这枕头救了他一命——直到下面的床垫。天呐！多么有力的手啊！他站在那儿，边想边用手捏着下巴。他怀疑过鲍金斯，可是他在月光下看到的那张脸并不是管家。那么，他是谁呢？

第十三章　一个可怕的发现

漫漫长夜，克里克独自坐着思考，他手托着腮，眼睛眯成缝，整个人处于极度警惕的状态。不，今晚发生的事，他不能告诉任何人，除了多洛普斯和纳克姆先生。不然，这只会招来别人的怀疑，让整个庄园陷入骚乱和不安，而这正是他极力避免的。黎明时分，危险解除了，他站起身，把头浸到冷水里，重新变得精神，然后还没穿衣服，就开始处理被戳坏的床铺。

床垫翻过来就好——这个容易，别人就不太可能注意到切口了。床单床罩也可以掉个头用，并在床尾小心掖好破损的部分。这样床头位置会有点短，不过这也没办法，要不惜代价地消除别人的疑心。等完全解开谜题，也就能把这杀人未遂的凶手绳之以法了。有两个枕头，所以他拿起破了的那个，把枕套扯下来，塞到自己的背包里，并把包推回床底下，之后，他开始重新布置床铺，效果还不错。至少现在看不到毯子和床单上的切口了，明天一早，他就找个借口让人把这些全换了。

早上八点钟，俊俏的女招待，头戴软帽，身穿浆过的蓝裙子，端过来一杯早茶，可真是雪中送炭。她离开时，他朝她点了点头。等关上了门，他把杯子翻倒，让茶水浸透床罩。之后，他起床穿好衣服，嘴角露出一丝微笑。

早餐时，一名女佣在一旁侍候着，克里克吃得津津有味，胃口很好，因为他一向身强体健，又与世无争。然而，临近结束时，鲍金斯进来了。他若无其事地扫视餐桌上的人，眼睛停在了克里克身上，这时，他手里的空盘子突然掉落在地。重新看到这个昨晚差点死掉的人对他产生什么样的影响，随着他弯腰去捡盘子，也没法看到了。等他站起来，就又变回平时那个安静、严肃的鲍金斯了。除了对面前的工作极尽卑躬屈膝的热情，他安静的脸上并无他物。如果他知道什么的话，那他就是在演戏。可是——他知道吗？接下来的时间里，克里克一直在琢磨这个问题。

早餐过后，开始一天的工作之前，纳克姆先生和奈杰尔爵士去吸烟室静静地抽烟，让克里克有空的时候也过去。两人走后，鲍金斯慢慢悠悠地收拾桌子，克里克站在门口。

"平静的夜晚，昨晚上，是吧，鲍金斯？"他说着轻轻地笑了笑，"这就是你们这美好的乡下生活的精髓所在。我睡得很好。说到这种简单的生活……"他停下来，又笑了笑，同时看着鲍金斯捡起一把干净的餐叉，放到橱柜上面的餐具篮里。

鲍金斯不为所动，还是一脸威严而自若的样子。

"确实如此，先生。确实如此。我猜您一定睡得很好。"

"很好——就是床有点奇怪，"克里克加重了语气回答，并转过身，"你要是看到我的男仆，让他过来找我。裁缝做的衣服马上要到了，我要让他准备一下。"

"好的，先生。"

克里克去吸烟室找另外两位，心里不由得佩服管家的镇定自若。他要是知道的话，能这样克制自己的情绪，也很了不起了。但是他也可能不知情——他也不太可能知道。大部分仆人倒是爱偷听，而好奇是大部分人共有的毛病。鲍金斯可能——很有可能——根本不知道昨天晚上的事。可是，为什么总觉得他不像表面看起来那么简单呢？这个问题，克里克一直想不通。

克里克进来的时候，纳克姆先生热情地和他打招呼。

"过一会儿我就要出去调查，"他大声说道，"你知道，昨晚皮特里和哈蒙德到了，现在住在旅社里。十点钟后我们在沼泽地边缘见面，然后就好好找找，看能不能找到两位失踪者的尸体。你要来吗？"

克里克点点头，一边的脸上闪过一个怪异的微笑。

"当然，亲爱的雷克。我很乐意。当然，奈杰尔爵士还要忙别的事。现在已经九点五十了。去的话，就快点吧。啊，"这时多洛普斯出现在门口，"抱歉，奈杰尔爵士，我有几句话要和我的男仆说。"他低声和小家伙说了几句话，然后两人一起离开了。"我和雷克先生要去沼泽地走走。皮特里和哈蒙德十点钟到那儿。你去找他们，现在就去吧。"

"好的，先生。"

"还有——多洛普斯，"他把他叫回来，低头到他耳边，用旁人听不到的声音说，"要万分小心。我昨晚差点没命。有人要趁我睡觉捅死我，不过他只捅到了我的枕头……"

"上天保佑，老爷！"

"嘘。不用担心。你看，我好好的。不过要睁大眼睛，竖起耳朵，一旦附近有什么可疑的人，立刻向我报告。"

多洛普斯苍白、长着雀斑的脸变得更白了，他抓住克里克的胳膊，一副抓着不想松开的样子。

"可是，先生，"他用沙哑的声音低声说道，"您不会一个人四处走动的，对吧？您要是出了事，我……我就当场像日本人爱做的那样，切腹自尽！"

克里克忍不住大笑起来。他们的小声谈话仅仅持续数秒，期间，他一直盯着通往仆人生活区的绿门。鲍金斯刚从那扇门出去了。之后，他听到从花园里传来管家低沉而缓慢的声音，看到他在院子里和一个马夫说话。克里克放心地松了一口气。

多洛普斯走后，克里克来找奈杰尔和纳克姆先生，他们正站在一起，急切地小声交谈。

"好了，"他轻快地说道，"你准备好了吗？雷克先生，我好了。咱们出发吧。奈杰尔爵士，我希望晚餐时能有消息告诉你，不过是好是坏还不知道。对了，你雇的仆人里，有没有一个深色皮肤、方脸的人，两只眼睛很近，上唇留着胡须？下颌也很突出。我很想知道有没有。"

莫里顿想了片刻。

"跟您说实话，海德兰德先生，我这儿没有您说的这个人，"他顿了顿接着说，"狄默科有点像——他也有胡须，不过是军官式的，鲍金斯不留胡须。其他人也都同样不留胡须，除了园丁老多迪，他留着灰色的络腮胡子。怎么了?"

克里克摇摇头。

"没什么事。我就是问问。好了，雷克，再磨蹭就要迟到了，我们的……嗯……朋友该着急了。再见，奈杰尔爵士，祝你好运。午餐是一点十五吧，我猜?"

他转过身，挎住纳克姆先生的胳膊，从衣帽架上取下帽子，戴在头上，走下阶梯出去完成等待他的任务，他将会有惊人的发现。

他们抽着烟，安静地走着。这时，克里克突然说:

"我说，老伙计，你要注意一下自己的人身安全。"他说着，突然转过身，直勾勾地看着他的朋友。

"什么意思，克……海德兰德?"

"我是说，有人可能知道了我们来这儿的真正目的。我强烈怀疑昨晚鲍金斯偷听我跟多洛普斯的谈话了。后来——嗯，有人试图趁我睡觉要我的命。不过，他找错了对象……"

"亲爱的克里克!"

"雷克先生，我请求你——不要这么大声!"克里克突然说道，"隔墙有耳，作为警察这点你应该清楚。记住我的名字，也别为我担心。我可以照顾好自己。就是昨天晚上有点费劲。有个不速之客，计划得挺好，想趁我睡觉用匕首要了我的小命，不过只扎着我放在床上的枕头，切了个三英寸深的口子，都扎到了床垫。"

"海德兰德，我的老天!"

"好了，别紧张。我跟你说了，我能照顾好自己，你也要好好保重。庄园里没人知道这件事，我也不想让他们知道。这种事，说得越少越好。那些冰封火焰背后藏着的秘密，要么非同小可，要么就是能挣大钱。非此即彼……嘿，我们来了！上午好，皮特里；上午好，哈蒙德。看来你们准备好去搜查了。"

两位警员穿着便装，身边站着多洛普斯，手里拿着长长的干草叉，看起来他们更像是要去晒草，而不是要干接下来那令人讨厌的工作。皮特里胳膊上挂着一捆绳子。他们跟在两位警探身后，进入了坑坑洼洼的沼泽地。

这天上午，天气阴冷，好像要下雨。扁平的地平线上悬着幽灵一般灰白色的雾气，没过脚踝的草丛上沾满露珠。他们一言不发地走了大概四分之一英里，这时，克里克突然停住了脚步。

"我们最好分开走，"他说，同时伸出手臂，掠过平坦的沼泽地，"多洛普斯，你和皮特里朝右走。哈蒙德，你走左边。我和纳克姆先生直着走。一有发现，就发信号。"

他们立刻分开行动。脚踩在黏糊糊的泥地里，在潮湿茂密的草丛中留下了无数的脚印，草丛像沾了水的干草一样，被踩到泥水里。他们低着头，眼睛盯着地面，一脸聚精会神的样子。他们慢慢穿过开阔平坦的沼泽地，时不时停下来，拨开草丛，戳戳地面，克里克转向，看着纳克姆先生。

"都是不错的家伙——他们三个，"他笑着说，"有了他们，你还能要求什么呢？我们俩直走，纳克姆先生。奈杰尔爵士告诉我，那块烧焦的草地在我们出发地的直线方向，正对着沼泽地边缘。我很想看一看。”

纳克姆先生点点头，继续走路，同时不停地用他那粗壮的手杖戳戳这儿戳戳那儿。克里克也是一样。他们很少说话，只是一个劲往前走，边走边戳，把草踩在脚下。他们不停地寻找，就像戴克·韦恩失踪的那天晚上大家做的那样。不过，那次他们是白费工夫，没有找到任何能够解开谜题的线索。

突然，克里克停了下来。他用手杖指着前方不远处。

“在这儿呢！”他轻快地说道，“那块烧焦的草地。”他迈大步走过去，然后停下来，低下头看它，这时他突然喊道：“看啊！草丛的根部又长出了嫩绿的草芽。这个烧焦的痕迹很快就会消失。而且……”他停下来吸了一口气，转身面对纳克姆先生，“你想啊，为什么到现在还没恢复原状？韦恩已经消失很长时间了，新草早该把这些烧焦的草根覆盖住了。会不会是有人故意为之呢？还有，为什么还要留着这个痕迹呢？”

“有可能是什么标志之类的。”纳克姆先生说道。

“有可能是那一类东西。如果是标志的话，那这个鬼神之说后面绝对有人在捣鬼，”克里克回答，“我们先这样想，这块烧焦的草地后面藏着秘密，或者是标记着去某个地方的路，或者下面或者附近埋了什么东西。嗯，什么声音？”

寂静的雾气里，从多洛普斯和皮特里的方向传来一声猫叫。

“他们找到什么了！”纳克姆先生用沙哑的声音，兴奋地小声喊道。

“是的。好了，这个先等等。我们去找他们。”

又传来一声猫叫，两个人朝叫声的方向快步走去，很快就赶上了他们，而哈蒙德也听到信号赶过来了。多洛普斯正低头看着什么，眼神里透着恐惧，皮特里看起来也很紧张。克里克走过去，低下眼睛看着地面，然后一动不动地站住了。

"天啊……你们在哪里找到的？"

"在这儿，先生；当时身子被埋，只露出脑袋！"皮特里回答，"我和多洛普斯合力把它拉了上来，就成这样了。"

克里克低头看着那具身材健壮的男子的尸体，男子身穿晚礼服，尸体已经腐烂。"这看起来是韦恩，"他语气平淡地说道，"很符合韦恩的描述。另一个人个子不高，红色头发。而且看起来晚礼服剪裁也很得体。长相应该挺英俊……好了，我们要尽快把这个可怕的尸首带回塔楼庄园。拿油布了吗，皮特里？"

"带了，先生！"皮特里像变戏法一样从上衣里面拿出一卷油布，摊在地面上。然后大家抬起尸体，用油布包裹起来，遮住了那恐怖的场景。纳克姆先生用手帕擦了擦额头。

"都成肉桂了，克里克！"他气喘吁吁地喊道，"挺恶心的，对吧？藏得很严实吗，皮特里？很奇怪那次他们竟然没找到！"

"没有，先生，一眼就看到了！"皮特里郑重其事地回答，他感到责任重大，也希望能因此得到提拔。多洛普斯不是正式警员，他艰难战胜了内心的恐惧感，非常自豪地看着克里克。

"有意思！"这时，克里克突然插进来说，"唯一的解释是，尸体是在人死了一段时间之后放到这儿的……先等一等，伙计们，我们再沿这个方向往前找找。说不定能找到相似状况的柯林斯——尽管他不久前刚失踪。"

他们沿着同样的方向往前走了几步，然后突然不约而同地停住了脚步。眼前就躺着柯林斯。他身穿不显眼的黑色衣服，脑袋靠着一簇苔藓，太阳穴上有一个弹孔。

"天啊！"克里克轻声说道，同时吸了一口气，"两个人都是这样！……看起来就是个骗局，是不是？可怜的人！……但是莫里顿声称他和其他人都把这块地方搜了一遍又一遍。看起来有点可疑。两个人都在这儿，又离得这么近……再看一下那个家伙……嗯。弹孔也是在右边太阳穴。用的是小口径左轮手枪。"

他弯下身子，用放大镜仔细观察了一下头部，然后慢慢站起身来。

"那么，纳克姆先生，"他镇定地说，"现在什么都不要做，只有把尸体运回塔楼庄园。之后，他们愿意的话，可以把尸体送去村里的停尸间。不过，我可是有几个问题要问莫里顿，还要查证几件事情。天啊！这活儿可真恶心啊，伙计们。幸好油布够大！把干草叉穿过去，皮特里，做成一个担架，那个方向，对。好了，走吧……天啊！真是个不平凡的上午！"

可是，如果他知道那天上午，一点十五分午餐开始前，将要发生的事，他也许就不会这么痛快下结论了。

一行人慢慢地穿过茂密的草丛往回走去……

第十四章　迎来转机

莫里顿站在书房的窗户旁，眼睛看着窗外，大口抽着雪茄，一副深思的样子。在他身后，巴塞洛缪医生身穿宽松的粗花呢衣服，站在壁炉前的地毯上，边捋胡子边用和蔼的眼神担忧地看着他。

"不喜欢这样，奈杰尔，我的孩子，一点都不喜欢！"突然，他用一贯的声音急促地说道，"这些侦探才是真正的麻烦。他们就像医生——包括我在内，请神容易送神难。这一行就这样，我的孩子，很讨厌。我宁愿守着一个谜，也不要请他们进家门。反倒简单些。收费也不菲，你也知道。"

突然，莫里顿转过身来，沉着脸，眉头紧锁，好像一团阴云。

"我才不管，"他怒气冲冲地喊道，"只要能解决问题，就是倾家荡产我也愿意。我摆脱不了它——就是做不到。就像达摩克利斯之剑一样每日每夜地悬在我头上！我跟你说，不解开韦恩失踪的谜团，我就不能和安托瓦内特结婚。她跟我想法一样。而且……而且……我们都把房子准备好了，你知道，一切都备齐了，就剩这件事。等到可怜的柯林斯也失踪了，我觉得自己受不了了，所以请来了这些警探。整体来说，都是挺可靠的人，尽管放心。"

巴塞洛缪医生耸了耸肩，好像在说："随你的便吧，我的孩子。"不过他实际说的是：

"他们都叫什么？"

"那个年轻人叫海德兰德……是乔治·海德兰德还是约翰·海德兰德，我记不太清了。另一个叫雷克——格雷戈里·雷克。"

"嗯。是个好名字，奈杰尔。应该还有些头脑。不过我从来都不相信警察，你知道，孩子。伦敦警察局多亏有个克里克，不然他们得犯下很多错误，还会把自己给毁了。他倒可以算个人物！可惜你没有让他过来办这个案子。"

自从戴克·韦恩失踪之后，巴塞洛缪医生就时不时来看他，穿着也很随意；哪怕是过去，医生也算得上一位父亲了。奈杰尔很想把"乔治·海德兰德"的真实身份告诉这位忠诚的朋友，不过他甩掉了这个念头。他已经答应克里克了。他连安托瓦内特都没有告诉，其他人就更不能知道了。他只是抖了抖肩膀，转身走回到窗边，看向外面，好掩盖悄然爬上脸颊的喜悦之情。

说实话，他总感觉有事情要发生，而且很快就会发生。他还不太习惯预感，但这反而使他更加坚信自己的感觉。有克里克在，什么事情都可能发生。对克里克来说，事物从来不是静止不动的，就像之前他集中精力，最后成功破案一样，这次，他那惊人的头脑也都集中到这个案子上了。莫里顿感觉，破案只是个时间问题。

　　这时，他正站在窗边，轻声哼着小调，一队人来到了门前，领头的是克里克和纳克姆先生，两个人神情忧郁，沉默不语。在他们身后——莫里顿突然大叫一声，医生马上走到他的身边——在他们身后，三个人抬着个东西——用黑色的油布裹着，又大又重。其中一个人是海德兰德的仆人多洛普斯！直觉告诉他，"事情"马上就要发生了，他也认识到了这点。

　　"天啊！他们找到了尸体。"他声音沙哑，兴奋地大喊道，同时快速跑向前门，嘭的一声推开门。声音传遍了老屋，吓得鲍金斯用与他的年龄和威严不符的速度从厨房的楼梯赶上来。莫里顿简单直接地命令道：

　　"打开起居室的门，把靠墙的沙发拉出来。我的朋友去了一趟沼泽地，找到了什么东西。你可以看到他们正沿着车道走过来。你觉得是什么？"

　　"天啊！是个意外，奈杰尔爵士，"鲍金斯用颤抖的声音说，"我是不是要让马默里太太那间蓝色卧室准备好，多烧点开水？……"

　　"不，"这时，莫里顿正跑下门前的台阶，他回过头来说，"你睁开眼睛看看，是尸体，你个笨蛋——是一具尸体！"

　　鲍金斯先是大口喘着气，站在那里，一动不动，薄薄的双唇吸在嘴里，表情非常难看。肥胖的巴塞洛缪医生跟在莫里顿身后，步履蹒跚地出去了，只剩鲍金斯孤零零地站在过道里。

　　他举起拳头，朝他们挥了挥。

"真可惜不是你的尸体，你个暴发户！"他小声嘀咕道，然后转身朝起居室走去。

这时，莫里顿来到了这队人面前，他们都神情严肃。他在克里克身边往回走。克里克脸色惨白，瞳孔因为兴奋而有些扩大。

"找到他们了？你说，两个人都找到了，海德兰德先生？"他们一起走上台阶，他不断地重复说道，"天啊！多么奇怪——多么怪异的事情！我去了沼泽地好多次，可连他们的影子都没见着。我不知道是怎么回事，真的！"

"噢，我们会弄清楚的。"克里克回答，同时敏锐地看了他一眼。有一件事他想弄明白，而且要尽快："你知道，二加二，只要加对了，总能得到四。只有傻瓜才会算错。你要是能和我一样，经常和不同的人打交道，看到事情的发展如此契合，会越来越觉得惊奇……对了，这是谁？"

他用脑袋指了指医生。医生正站在台阶下面，等着他们。

"噢，我的一个老朋友，海德兰德先生。巴塞洛缪医生。他在城里有个很大的诊所，不过第一眼看去，有点古怪。"

克里克饶有兴趣地看着这个穿着破旧粗花呢衣服的怪人。

"明白了。那你告诉我，他怎么有空跑到这来看你呢？在我看来，一个拥有大诊所的医生连工作的时间都不够呢。至少，我知道的医生是这样的。"

莫里顿立刻气得涨红了脸。他回过头来，愤怒地看着克里克，后者正用冷漠的眼光看着他。

"我知道你是来查案的，不过还轮不到你来怀疑我的朋友，"

他回击道，眼睛闪着光，"巴塞洛缪医生有位合伙人，如果你非要知道的话。而且他本该退休了，可是仍然因为热爱这份职业而继续工作。他可是世上最好的人——记住这点！"

看到他突然发作，克里克内心微微一笑。真是个脾气火爆的年轻人！不过，莫里顿能忠诚地为朋友出头，克里克倒是很喜欢。这种绝不怀疑自己、同时关心自己的人，实在是太少了。

"很抱歉冒犯你了，"他平静地说道，"不是有意的，真的，奈杰尔爵士。但作为警察，有这个不太招人喜欢的职业病，你知道的，要时刻保持警惕。如果你觉得我冒犯了你，可以随时递个眼色给我，我就收起这个心思。"

"噢，没关系。"莫里顿平静下来说道，对之前的爆发有些羞愧。为了转移话题，他说："不过，想到你们找到了他们两个，海……嗯……海德兰德先生！它们……很恐怖吗？"

"很恐怖，"克里克平静地回答，"嗯，雷克先生？"

"上天保佑……好的！"雷克先生颤抖着说道，"来吧，伙计们，要是不介意……"他装作他的两名助手只是普通朋友，过来帮个忙，"进来吧。这边走……对。你刚刚说放哪里，莫里顿？放到起居室？好的。啊，看来鲍金斯把什么都准备好了。这个沙发挺宽的。很好，因为是两具尸体。"

"两具尸体，先生？"鲍金斯突然举起双手，大声喊道，他恐惧地睁大了眼睛。纳克姆先生点点头，一副职业老手胜利的神情。

"是两具尸体，鲍金斯。如果我没有猜错的话，第二具尸体很符合詹姆斯·柯林斯的特征——嗯，海德兰德？"

克里克突然意味深长地看了他一眼。他意识到，纳克姆说的太多了；因为这位稀客不应该知道一个仆人的模样，纳克姆来访的时候，柯林斯并不在场。

"至少——这是根据那天奈杰尔爵士说的推测出来的，"他补充说，想努力做出补救，"好了，伙计们，把尸体放到沙发上。真可怜！我可提醒你，奈杰尔爵士，这可能不太好看，不过恐怕你只能将就了。警察会来确认身份的。你要不要给这边的警察局报个案？你知道会有人处理的。"

莫里顿点了点头。看到两个人确定无疑死了，尸体——毫无气息——躺在起居室里，他完全惊呆了，也不说话，像雕像一样，一动不动地站在那里。

"对，对，"他很快地说道，同时朝鲍金斯挥了挥手，"麻烦你立刻去办。让罗伯茨探员带上几个人过来。这几个人能过来帮你，实在是太好了，雷克先生。这是你的男仆，多洛普斯，对吧，海德兰德？要不要带他们去楼下喝点威士忌和苏打水？他们应该很需要喝点东西。"

克里克抬起手，表示反对。

"不，"他坚定地说，"还不急。等探员过来，他们要作证人。现在……"他走到尸体旁，缓缓地掀开油布。莫里顿的脸立刻变得煞白，医生见惯了这种情形，他紧咬双唇，一只手稳稳地扶住年轻人的胳膊。

"天啊！"奈杰尔爵士绝望地喊道，"他们是怎么死的？"

克里克伸出手，轻轻地碰了碰韦恩太阳穴上的黑点。

"子弹打到头上，射穿了大脑，"他平静地说道，"用的是小口径左轮手枪。因为你，又多了一个火焰啊，朋友！"

不过他对接下来发生的事毫无准备。听到这句话，莫里顿突然伸出手，好像要挡住别人的攻击，他往前迈了一步，紧紧地盯着这位曾经的朋友——情敌——接着失声痛哭起来。

"打到了头上！"他尖叫道，这时鲍金斯悄悄地走了进来，听到主人的叫声，迅速止住了脚步，"我跟你说，这不可能——不可能！不是我开的那一枪，海德兰德先生——这根本就不可能！"

第十五章　惊人的披露

克里克突然向前迈了一步。

"什么？你说什么？"他厉声说道，"你开枪了？奈杰尔爵士？这个我之前可没听说过，可能会有麻烦。请你解释一下！"

可是那时莫里顿已经不能做任何解释了。他正在巴塞洛缪医生的怀里，抱着头痛苦地抽泣。他此时精神极度紧张：这段时间，他承受了太大的压力；现在，紧绷的心弦突然断开，心绪如珠子般掉落，将他的克制撕得粉碎。

医生坚定地抓着他，轻轻地晃了晃。

"别犯傻，孩子——别犯傻！"他一次次地重复道，这时他挥挥手让奈杰尔离开，然后从背心口袋里拿出一个小瓶，往玻璃杯里倒了一点药水，硬是给他灌了下去，"别做蠢事，奈杰尔。你那一枪根本没事——那只是一个人喝多了酒犯迷糊，一时冲动做的傻事，所以不用为自己的行为负责任。"

他突然转身看着克里克，睫毛差不多全白了，一双无神的眼睛，就像光点一样在布满皱纹的脸上闪闪发光。

"如果你想知道这件蠢事的经过，我来告诉你，"他尖刻地说道。"我当时刚好在场。"

"你!"

"是的,我在,海……海德兰德先生,对吧?啊,谢谢。不过这孩子当时精神极度紧张。他经受了太多痛苦。这个可恶的案子把他搞得一塌糊涂,他也是傻,非要掺和。戴克·韦恩失踪的那天晚上,奈杰尔·莫里顿开了一枪,海德兰德先生;当时他已经去了自己的房间,香槟喝多了点,又刚刚和那个总是对他产生邪恶的影响的人有过争吵。"

"那奈杰尔爵士不是韦恩的朋友吗?"克里克平静地说道,好像他不知道似的。

医生抬起头,好像要跳到他身上,把他大卸八块。

"不!"他愤怒地说道,"你要是了解他,也不会跟他做朋友的。他就是个庞大笨拙的恶棍!我跟你说,奈杰尔正直,讨人喜欢,他还是个孩子的时候,我就认识他和他的家人。我曾亲眼看到韦恩对这个孩子施加影响,最终把他变成了一个歇斯底里的女孩,并为此沾沾自喜!"

克里克轻轻吸了口气,肩膀微微一颤,表示他在听。

"心理学真的非常有趣,医生。"他圆滑地说道,摸着下巴,看着奈杰尔。奈杰尔正垂着肩膀坐在扶手椅里,眼神里透着悲伤。"不过我们必须搞清楚问题的实质,你知道。这件事非同小可,必须被检验。否则,奈杰尔爵士的处境将会非常尴尬。好了,现在请直接当事人给我们讲讲当时的情形吧。我不是不为你着想,不过你刚刚承认的问题确实非常严重。奈杰尔爵士,我请求你，在警察到来之前把事情讲清楚。这以后会对你有所帮助。"

听了这话，莫里顿猛地抬起头，眼里没了泪水，死人般惨白的脸上显出内心极度痛苦。他缓缓地站起来，走到桌子旁，一只手放在上面，好像是用作支撑。

"噢，好吧，"他无精打采地说道，"你们还是先听听吧。巴塞洛缪医生说得对，海德兰德医生。戴克·韦恩失踪的那天晚上，我确实开了一枪，我是从卧室窗户往外开的枪。事情是这样的：韦恩出去了，过了约定时间还没有回来，我们就决定先去睡觉，托尼·韦斯特——我的一个哥们儿，那天晚上也来做客——和巴塞洛缪医生把我送到房间门口。巴塞洛缪医生住我隔壁。那几个房间的墙壁很薄，虽然我的左轮手枪——自从我在印度期间就一直随身携带——几乎是无声的，但医生还是听到了枪声。"

"是不是小口径的？"这时，克里克问道。

莫里顿沉重地点点头。

"你说得对，是小口径的。你可以亲眼看看。鲍金斯，"他转身朝向鲍金斯，后者正站在过道旁，垂着手，一副卑躬屈膝的模样，"你去取来，在我的衣橱左边的抽屉里。这是钥匙。"他扔过去一串钥匙，钥匙哗啦一声落在鲍金斯脚边的地面上。

"好的，奈杰尔爵士。"说着，鲍金斯退下了，不过，他没有关门，好像不愿错过这安静的起居室里发生的一切。

他走后，莫里顿继续说：

"我不迷信，海德兰德先生，不过那冰封火焰的蠢话，还有每吞噬一名受害者后新出现的火焰，都深深地印在我的脑海。加上喝多了香槟，最后，戴克·韦恩愚蠢地打赌，非要去一探究竟。我进了房间，在这跟医生说了晚安，关上门，上了锁，然后，我走到窗户边，看着外面的火焰。正看着——信不信由你——在那些火焰的左边，又有一束火焰冒了出来，比其他的都更亮、更大，好像在说：'我是戴克·韦恩。'"

克里克咧嘴笑了笑，继续摸着下巴。

"很神奇的故事啊，奈杰尔爵士，"他说，"继续说，发生了什么事？"

"我就对着它开了一枪。我拿起左轮手枪，气急败坏地从窗户朝它开枪；我想我当时说了类似这样的话：'见鬼，还不消失？那我来让你消失，你这令人抓狂的魔鬼！'不过我不确定是不是原话。枪响之后，我就立刻清醒了。我为自己感到羞愧，想着如果伙计们知道了这件事，在他们面前我得出多大的丑；这时，巴塞洛缪医生敲门了。"

说到这儿，医生使劲点点头，表示同意他的话，而且好像有话要说。

克里克打了个手势，阻止了他。

"然后呢……接着怎么样了，奈杰尔爵士？"

莫里顿脸上显得非常疲惫，他清了清嗓子，继续说：

"医生说他好像听到一声枪响，问我发生了什么事，我回答说：'没什么。我就是朝火焰胡乱开了一枪。'像任何一个理智的人一样，他感到非常吃惊，海德兰德先生。你会很吃惊，还会想

'这家伙原来这么愚蠢！'我让医生看了看我手里的左轮手枪，他笑着说，他要拿着它睡觉，以防我朝他胡乱开枪。然后，我就去睡了。我让他保证不向别人吐露一个字，因为他们知道了的话一定会笑话我的。这就是事情的经过。"

"嗯。我得说，足够了，"奈杰尔说完，克里克接着说道，"你亲口说出来，我觉得应该是真的，我认为你是一个正直的人。不过——你觉得一般的陪审团会相信这些话吗？你觉得他们会相信你吗？"

他摇了摇头："不可能。他们只会觉得好笑，说你不是喝多了就是在做梦。二十世纪的人已经没有那么迷信了，奈杰尔爵士；即使他们相信你的话，也会尽可能用理性支配自己的行为。请原谅，不过他们只会觉得这是一派胡言。"

莫里顿顿时涨红了脸，眼睛直发光。

"那你是不相信我的话了？"他不耐烦地说道。

克里克举起手。

"我可没说过，"他回答道，"我只说：'法官和陪审团会相信你吗？'这是个问题。而我的回答是：'不会。'据我所知，你有充分的动机去杀害戴克·韦恩，对一个情绪不稳定的人来说，其中任意一条都足以让他害人性命。形势对你非常不利，奈杰尔爵士。根据你的所见所闻，你能保证他的话都是真的吗，巴塞洛缪医生？"

"当然，"医生说道，虽然他觉得这跟这位所谓的"海德兰德先生"没有一点关系。

"嗯，那就好。要是有另外一位证人看到了开枪或者听到了枪声——我不是怀疑你的话，医生——那问题就很容易解释清楚了。你真的不知道还有谁听到枪声但保持沉默了吗？"

这时，鲍金斯静静地走进房间，右手拿着那把小巧的左轮手枪，递给克里克。

"请允许我，先生，"他面无表情地说道，同时快速地看了一眼莫里顿阴郁的脸庞，"我听到了。如果陪审团需要的话，我可以出庭作证，我相信我的话很有价值，也能算是一个证据。那个人……"他用颤抖的食指指着主人的脸，愤怒地看了一会儿，"就是杀害韦恩先生的凶手！"

第十六章　落入陷阱

"你这该死的骗子！以前我竟没发现！"

莫里顿突然冲上前去，克里克费了好大的劲儿才没让他掐住管家的脖子。

"放松点，放松点，我的朋友，"克里克插嘴道，巧妙地抓住莫里顿上举的手臂，"攻击一个潜在证人可对你没好处。我们得先听听他怎么说，才知道他说的是真是假，而且你们俩的证词我们要同等对待。医生，你说得对，我的确是个警察，我来这儿就是为了调查这宗离奇的案件。因为你脸上的表情很明显在说'他有什么权利来插手人家的事'，出于自尊我得向你承认这个事实，而雷克先生是我的同事。"说完，克里克向鲍金斯递去锐利、探寻的目光，从鲍金斯冷淡的面容可以看出他早就知道自己是警察的事了，"接下来，伙计，说说吧。你说你听到了你的主人在卧室开枪的声音，你当时在哪里？"

"在房子的另一边，先生，"鲍金斯回答道，脸稍稍发红，"我觉得有些不对劲，就穿着睡袍起来查看。之前，我听见奈杰尔爵士和可怜的韦恩先生发生争吵，也听到韦恩先生出门的声音，所以正如你可能会说的，我的耳朵一直保持警惕。”

“我明白了，你一直在偷听是吧？”克里克问道，闻此鲍金斯粗黑眉毛下的眼睛怒视着克里克，嘴唇紧抿，“那么接下来呢？”

“我一直在附近仔细听着，先是浴室，接着在大厅，因为我觉得总有一天他们之间会来个了断，奈杰尔爵士抢走了韦恩先生的女朋友，而且……”

“闭上你那满口谎言的嘴，你这卑鄙的畜生！”莫里顿激动地说道，“你要敢提她的名字我会让你永远都开不了口，无论我会不会被绞死！”

鲍金斯看着克里克，明显表现出希望他注意到奈杰尔爵士的暴力倾向的神情，但克里克对此毫不留心。

“请简洁说明，不要冒犯别人。”克里克严厉地说，鲍金斯便继续讲述：

“最后，我看见奈杰尔爵士、医生和韦斯特先生一起来到走廊，听见他们互道晚安，接着医生走进自己的房间，韦斯特先生回到抽烟室，奈杰尔爵士则锁上房门。安静了一会儿，我听见奈杰尔爵士在房间里走来走去，自言自语，好像对什么事情很生气。后来，正当我要回自己的房间时，一声枪响传来，于是我又赶了回来。我听见他说：‘打中你啦，你这魔鬼！’听到这里我再无暇顾及其他，赶紧跑到楼下的用人室里，用人室正好在抽烟室的下方，其他先生们正在抽烟室里谈话吸烟。我抬头往窗户外看去——因为那里算是半个地下室，您可能已经注意到这个了，先生——借着月光，我看见韦恩先生蜷缩在屋前路面的沙石上，发出各种滑稽的声音。接着，他突然像个死人一样变得僵直——他死了。于是，我飞奔回自己的房间，吓得理智全无，因为我是个和平爱好者，且容易受到惊吓，我当时真是害怕极了。然后我把自己锁在房间里，一遍又一遍地对自己说：'他这样做了！他终于这样做了！他杀了韦恩先生，他杀人了！'这些就是我要说的了，先生。"

"一派胡言！你这骗子！"莫里顿愤怒地喊道，他的脸因激动而抽搐，青筋鼓起，"这整个故事都是假的。如果真是这样，告诉我我怎么能这么快就把韦恩的尸体搬走而不让任何人听见呢？当时据他们自己所说，所有人都在抽烟室，而医生也在这儿，难道那一刻他的耳朵闭起来听不到任何声音了吗？抽烟室的侧面可是直对着车道的。克……呃，海德兰德先生……"他看见克里克几不可察的信号，便及时改口，然后提高了声音继续说道，每个字都饱含愤怒，"我不是个巨人，对吧？就算韦恩活着的时候，我都不能在他自己的帮助下扶起他，更别说他死了变得更重的时候。我告诉你，他所说的全都是谎言，一个残忍卑劣、恶语中伤的谎言。如果我能从这件事中解脱出来，我会让鲍金斯明确知道我是怎样看待他的。你为什么要相信一个说谎的仆人的故事而不相信我？我完全无法理解。难道我会把你这个大名鼎鼎的……"即便是在这样激动的时刻，奈杰尔还是感受到了克里克强大的意志，这迫使奈杰尔停止泄露克里克的身份，阻止了他说出调查这个可怕案子的人就是欧洲犯罪侦察者中的顶尖人物。

莫里顿继续说道，仍然满腔怒火，却知道要将海德兰德先生的真名藏于心中："我把你当成朋友带你到这儿来，尽我所能让你来调查这宗奇案，难道就是让你把我当成杀人犯来讯问的吗？不要把我当成嫌疑人来对待，侦探先生，我不是在受审。我的确是想把事情搞清楚，但我不想被我带来寻找真凶的那个人指控为杀人犯，而且被杀的还是我家的客人。"

"你还没有给我时间来说明我是否指控你，奈杰尔爵士，"克里克耐心地回答道，"现在，如果你允许的话，我们要审查这个人的证词，其中有许多漏洞极需补充，还有一些地方我想是很难在法官和陪审团面前站得住脚的。不过他发誓作证，你也发了誓。而我们得优先相信他的证词，因为是你开的枪，对吧，奈杰尔爵士？我是代表法律走进你的屋子的。"

莫里顿没有回答，只是稍稍抬高了头，更坚决地抓紧了桌子边缘。

"现在，"克里克说着转向管家，用锐利的眼神盯着他，"你准备好发誓你所说的均属事实，并知道作伪证将会受到法律的惩罚吗？"

"是的，先生。"鲍金斯的声音很低，极其模糊。

"很好。那么你能说说为什么你当时没有立即向其他客人或者警察报告这件事吗？"

鲍金斯脸上闪过一丝情绪，稍纵即逝。回答之前他紧张地清了清嗓子。

"我当时觉得要对奈杰尔爵士保持忠诚，先生，"他接着详细说道，"要知道，一个人应该站在他的主人那边——如果他的主人是个好人的话。虽然我们之前有过争执，但我对奈杰尔爵士并无怨恨，我只是不想让这栋老房子丢人现眼。"

"所以你就等到事情变得对他更为不利，才决定把你那值得称赞的犹豫弃如敝屣？"克里克说道，嘴角微微上勾，脸上露出古怪的微笑，"我是否可以认为，自韦恩死的那天起你心里就不断发生你所谓的'挣扎'？"

鲍金斯点点头。他不喜欢这种盘问，他的声音、表情、动作都将他的紧张展露无遗。

"是的，先生。"

"嗯……如果把这些全放在一边，你能给我个理由，为什么我应该相信你这个不太可能的故事，而不是相信你主人那个同样不太可能的故事呢——明白我是什么意思吗？"

鲍金斯的头突然抽搐了一下，眼里满是恐惧，脸色也突然变得苍白。

"我……我……除了我已经在这个家工作了近一辈子，你对我还有什么别的了解呢？"他回答道，用克里克的话来辩驳，"我只是个粗劣诚实的仆人，先生，在同一个地方待了二十年，而且……"

"而且你一定希望能再待上二十年！"克里克讽刺地说道，"噢，其实我对你的了解还要更多，我的朋友，只不过我无意说出来，现在不是讨论这个问题的时候，我们待会儿再说。接下来，轮到手枪了。医生，你的朋友似乎正卷入法律问题，若你能用你的专业技能服务于法律的话，会对我们大有用处的。请检查那个叫戴克·韦恩的男人头上的伤口，如果可以的话，把他脑袋里的子弹取出来。然后我们就能将其与奈杰尔爵士手枪里剩下的子弹进行对比。"

"我不能这样做，海德兰德先生，"巴塞洛缪医生坚定地回答，"我不会参与诱骗这个可怜的孩子，去毁掉他的生活……"

"但我要求你这样做——以法律的名义，"克里克向皮特里和哈蒙德摆手示意，整个审讯的过程他们都和多洛普斯站在门边，这时快速站出来，"以藐视法律的罪名逮捕巴塞洛缪医生……"

"我得说，海德兰德先生，这真是该死的暴行！"

克里克举起一只手。

"是的，"他说，"我同意你说的，不过却是一种极为必要的暴行。另外……"他突然向焦虑不已的医生笑了笑，"谁知道那枚子弹就不能证明奈杰尔爵士是无辜的呢？谁知道它就一定跟我手里这致命的小东西一样呢？这取决于你，医生。要么我现在就逮捕他，把他带到公共监狱去等待审判，要么你给他一个逃命的机会。"

医生用锐利的目光看向克里克那笑眯眯但同样锐利的眼睛。他不知道自己是否喜欢这个法律的代表。不幸的是，在这段审讯之中，克里克所展现出的个性中的一些东西已使得医生屈服。医生盯着克里克，打量着他，而克里克的眼神却一点也没动摇。

"我没有工具。"他最后说道，拖延着时间。

"我有很多，在楼上。有时候我会自己尝试一些手术。我马上就去拿下来，你能动手吗？"

医生站在两个高大的警察中间，每人将手放在医生的一只肩膀上。医生的表情就像戴着个面具。

"这真是该死的暴行，不过我会动手的。"他说。

多洛普斯飞速跑上楼去。与此同时，克里克开始清理房间。他让皮特里和哈蒙德带莫里顿去抽烟室，鲍金斯也跟他们一起，不过鲍金斯要待在大厅，不能跟他的主人接触和对话。

克里克、纳克姆先生和医生单独留在放置死者的房间，医生会在这里进行他那令人毛骨悚然的任务。外面，罗伯茨探员浑厚的声音不断从大厅传来，事实上他之前在追踪一个非法入侵者，那人穿过杰默生先生的庄园前往索尔特弗利特，所以他们去找他时他不在。

手术快速进行着……

抽烟室里，哈蒙德和皮特里像聋哑人一样坐在莫里顿的两侧，莫里顿从头至尾回想了一遍这可怕的事情，感觉自己的心像铅球似的在胸中沉没。噢，把这些人找来是多么愚蠢啊！真是愚蠢至极！看他们固执地将杀人罪名强加于自己，真是……足以让任何头脑清醒的人失去理智。而安托瓦内特，他的小安托瓦内特！如果他被宣判有罪送入监狱的话，她会怎么样呢？这会让她心碎的。而且他可能再也见不到她了！莫里顿的眼角突然湿润。天哪！她永远都不能成为自己的妻子了！……那些畜生要多久才能从那死人身上得出结果？有没有可能脑袋里的子弹跟我的不同呢？毕竟，它们应该几乎不可能一样啊！他的枪不是把普通的枪，而是由法属非洲的一家公司制造的，有着不同的弹药筒。这不是人人都有的枪，首先他们买不起……还是有希望的，没错，肯定有希望的。

　　他的血液再次敲击着血管，心跳加速。之前，害怕和恐惧就像来自另一个世界的魔鬼，不断缠绕着他，而现在希望像酒一样灌入身体，将其全都淹没。他听见脚步声从大厅临近，脉搏突突直跳。他的头直发晕，双脚像灌了铅似得抬不起来。接着，他看见克里克远远地站在那儿，一手拿着手枪，一手拿着从死者脑袋里取出的黑色的小东西，他的声音传来，语句简洁而清晰。越过纳克姆先生那厚厚的肩膀，他能看到医生严肃的神情。一瞬间，他感到世界天旋地转。然后他听明白了克里克所说的话。

　　"这子弹与你手枪里的一模一样，奈杰尔爵士，"他简洁地说，"很抱歉，不过我必须履行我的职责。罗伯茨探员，你的罪犯在这儿。我以谋杀戴克·韦恩的罪名逮捕这个人。"

第十七章　身陷牢笼

接下来发生的事对莫里顿来说就如噩梦一般。他以谋杀戴克·韦恩的罪名被逮捕的事在他的脑子里乱糟糟地盘旋。杀人犯！他们叫他杀人犯！这些骗子！蠢蛋！居然叫他杀人犯！居然相信鲍金斯这样的爬行虫！这个人毫无信誉可言，且完全不成体统，他能在他们面前编造出一个故事，真是太卑劣了！这个克里克简直是魔鬼的化身！在奈杰尔的聘请下来到这里，然后突然开始操纵证据，抛出索套完美地让他身陷其中，无论自己如何奋力扭动都无法逃脱。噢，如果当时他将那事放在一边，没有带侦探来到这屋子该有多好。不过他又怎么知道这侦探会把谋杀罪安在自己头上呢？无论他怎么说怎么否认都没用了，他的手枪和那残酷的小子弹（这说明除了他以外，还有别人有这样的手枪）已证明了一切，无论如何，在旁证理论的基础上，他的话就等于零。

接下来的一两个小时，莫里顿就像一直在遭受折磨。虽然没发出声音，但他苍白的面庞和憔悴的眼神都显示着他备受折磨。他的处境的确是可怕又奇怪。是他让法律的车轮运转起来，是他把那无情的汉密尔顿·克里克带入这个案子中来，而现在他自己却被指控为杀人犯！

消息在村里传得飞快，尤其又加上鲍金斯的毒舌来帮忙传播，莫里顿在去警察厅的路上不断遭受着村民们的闲言碎语和指指点点，直到被安置在狭小的监牢里，才得以避开他们，莫里顿很感谢这个地方所给予的片刻安宁，至少他可以思考。在这狭窄的屋子里，小小的窗户装着铁栅栏，高到让人无法触摸，坚硬的床架上铺着草垫子。他在屋里走来走去，思考着把他送到这儿来的整个悲惨过程。

入狱第二天，莫里顿迎来一个访客，是安托瓦内特。看守莫里顿的狱卒是个头发粗糙的村民，穿着一身好像属于别人的制服（这的确是别人的），在这儿协助那个真正"掌权"的人，他向莫里顿通报了安托瓦内特的来访。在这样的情形下见她无疑让莫里顿如受鞭笞，但他又是如此地想见她，其他所有事都可以先放在一边了。因此他对狱卒露出冷酷的笑容。

"我想，班尼特，我应该可以见布雷利尔小姐吧？你申报过了吗？"

"是的，先生。"班尼特有些垂头丧气的，对自己的职责倍感惭愧。

"有任何限制吗？"

班尼特结结巴巴地说："那个……如果你愿意的话……奈杰尔爵士……那就是……"

"到底有什么该死的限制？"

"罗伯茨探员下令我必须和你们一起待在这儿……不过我可

以转过身去，"班尼特回答道，满脸通红，"我可以带小姐进来了吗？"

"可以。"

安托瓦内特进来了。她的罩袍是紧身的灰色布料，这让她看起来异常美丽，一条灰色的面纱像薄雾一般在她脸庞前垂下，莫里顿的影子就映照在她那饱含痛苦的双眼中。

"奈杰尔！我可怜的奈杰尔！"

"小安托瓦内特！"

"噢，奈杰尔……这完全是不可能的！他们这些人！怎么会认为是你杀了戴克呢？可怜的奈杰尔，你是多么的热爱和平啊！一定得做些什么，亲爱的，一定得做些什么！你不该遭受这些，为别人的罪过，你不该遭受这些！"

莫里顿脸色苍白，向她笑笑，告诉她她是如此的美丽。跟她解释这一切都是徒劳，因为没有用。枪和子弹都摆在那儿，枪是他的，而对于子弹他也无法辩驳。他能做的只有阐述事实，而他们却不相信他。

"是的，亲爱的，你看，"莫里顿耐心地说，"他们不相信我，说我杀了韦恩。而鲍金斯，那个说谎的魔鬼，他告诉他们整件事发生的过程。事实上，他发誓他从厨房的窗户看到了一切，在我开枪之后，他说看见韦恩倒在花园的小路上，死了。"

"奈杰尔！他怎么敢？"

"谁？鲍金斯？这种魔鬼什么事都敢做……亲爱的，你叔叔呢？他应该已经听说了吧？"

安托瓦内特的脸明亮起来，眼眶突然湿润。她把双手放在奈杰尔肩上，倾斜了下巴，这样她便能看着他的眼睛。

"古斯塔夫叔叔让我告诉你，亲爱的，他一个字都不信！"她温柔地说，"而且他会自己去调查。他很不开心，对整件事都极不开心，他们为你编织了如此错综复杂又邪恶的圈套！噢，亲爱的奈杰尔……你为什么不告诉我那些来访的朋友是侦探呢？如果你告诉我的话我就……"

莫里顿握住安托瓦内特的手，然后向前倾，温柔地吻了吻她的前额。

"你会怎么样，小东西？"

"我会让你把他们送走，我一定会的！我一定会的！"她激动地喊着。"他们不该来的，如果不是我亲自发电报让他们来的话！那天你走了之后，就有什么东西告诉我会有可怕的事发生。我为你感到担心，害怕极了！而我却不知道为什么！我不断地笑话自己，试图逗自己开心，就好像这仅仅是……你所谓的'忧郁'。而现在，却发生了这种事！"

他点点头。

"而现在，却发生了这种事。"他冷冷地说着，并大笑起来。

班尼特履行着监守的职责，在这个当口，他抱歉地转过身来。

"抱歉，奈杰尔爵士，"他说，"不过时间到了。每个犯人只有十分钟的探访时间，而且……而且……恐怕这位年轻的女士必须离开了。我很不愿跟你说这个，先生，不过……你会理解的，职责就是职责。"

"是的，完全没错，班尼特，虽然人们的观点各有不同。"莫里顿回答道，露出惨淡的笑容，"不要害怕，安托瓦内特，时间还很充足。我会聘请最好的律师来为我辩护。这个圈套无论如何都会被打破，这些谎言也一定会有漏洞的。现如今，你知道的，旁证在法庭上也不怎么站得住脚了。愿上帝保佑你，小安托瓦内特。"

安托瓦内特紧紧贴着他，脸庞随着他的话语突然焕发光彩，虽然这些话如此大胆，且又让人难以信服，却使安托瓦内特稍稍放心，这让莫里顿很高兴。

安托瓦内特走后，莫里顿坐在那狭窄的床的边沿上，双手托着下巴。看起来是多么绝望啊！克里克都站在了他的对立面，他还有什么可能呢？克里克曾解开过上千个谜题，这些谜题连世界上最聪明的那些人都感到头疼！克里克绝不会承认自己这次犯了错，不过莫里顿却为克里克犯了错感到一种怪异的满足，虽然错误的受害者是他自己。

……莫里顿坐了很长时间，不断地想啊想，脑子疲倦极了，心也像铅块似的。班尼特的靴子踏在石板路上，这声音再次将他带回现实。

"您又有一位访客，先生，"他说，"是位绅士，我在您的塔楼庄园见过他，名字叫韦斯特，先生。罗伯茨探员说您可以见他。"

这位探员真是个好人，奈杰尔痛苦地想，嘴角挤出扭曲的笑容。突然他的眼睛亮了一下，托尼·韦斯特？所以，毕竟还有人没放弃他这艘沉船。老医生也来过了，安慰他让他振作起来，还给他带来一些自己觉得可以看的书，好像一个人在这种情况下还能看得进书。现在托尼·韦斯特也来了，老伙计！

韦斯特大步走进来，紧紧抓住奈杰尔的手。他才五尺三寸高，浑身散发的气概却像随时准备把那六尺高的狱卒从窗户扔出去。

"奈杰尔，老伙计！真是见鬼了！不过能见到你太好了。是什么样的白痴让你陷入如此愚蠢的困境啊？我一定要拧断他那该死的脖子。你怎么样了，老伙计？"

韦斯特故意用轻松揶揄的口气说话，以隐藏自己的真实感受，不过他的嘴唇却在微微颤抖。

韦斯特，老伙计！真是百里挑一的朋友。

"是庄园乡绅娱乐的好地方，不是吗？"莫里顿费尽努力让自己保持镇定，以同样轻松的语气回答道，"我……我……该死的，托尼，你不会相信他们的，对吗？"

韦斯特顿时脖子涨得通红，咽下愤怒回答：

"相信他们？伙计，你认为我疯了吗？我要有多愚蠢才会相信他们？那天晚上我不是和你一起在那儿吗？等着我去法庭给你作证。不管什么子弹不子弹的，你绝不是杀人犯，奈杰尔，我敢以我的生命发誓。有人和韦恩的关系比你还差，老伙计。斯塔克就是一个，他以前向韦恩借过钱，你知道的，他们为了借据大吵一架，然后友情就破裂了。我发誓，莱斯特·斯塔克比你更有理由杀他。或者还有我，如果要说的话。"

"是的，我没有理由杀他，托尼。但他们会把那晚我和他关于冰封火焰的争吵拿来说事，并在法庭上借此攻击我。他们会借一切事来攻击我，扭曲、捏造事实来强加在我身上以抹黑我。若我能逃过此劫，我一定要杀了鲍金斯。"

韦斯特突然抬起手。

"别这样说，"他轻声说，"否则他们也会拿这个来攻击你的。相信我，奈杰尔，法律是这世上最愚蠢的东西。另外，我有个消息告诉你！是我今天早上在塔楼庄园听到的。我碰到那个侦探海德兰德，他让我告诉你，我刚刚完全忘了。他们在韦恩的尸体上找到一张借据，是以莱斯特·斯塔克的名义写的。借据日期就在我们聚会的两天以前。看起来有些可笑，不是吗？"

可笑？莫里顿感觉他的心猛地向上一跳，又突然像铅块一样跌入胸膛。为朋友可能与他一样陷入悲惨的境地而高兴吗？这是什么样的朋友啊！但是一张借据！而且署着莱斯特·斯塔克的名字！他记得那天晚上他们俩之间的紧张气氛。莫里顿突然把头一抬。

"他们会怎么处理这件事？"

"海德兰德让我告诉你他会进一步调查这件事，让你保持乐观……不得不说，他看起来是个正直的人。"

保持乐观！……毕竟，可能会有其他人来承担这该死的事了！不过莱斯特·斯塔克不会杀人的，可能不会……不过，几个月以前，莱斯特当面跟自己说他想把韦恩扔到地狱去焚烧！嗯，好吧，无论如何他会对那场对话只字不提的，不然下一秒他们就会把可怜的斯塔克抓起来……不过不管怎样，他的心还是轻松一点了。毕竟，克里克似乎也不是那么坏。总之，他们还不能绞死自己。

那天所剩下的时间虽然冗长又沉闷，但那张借据和莱斯特·斯塔克那签于借据底部的熟悉字迹，不断漂浮在莫里顿脑海中，就像冉冉升起的希望，使得时间不再那么难熬。

第十八章　可能的刺激

与此同时，克里克、纳克姆先生和多洛普斯留在了塔楼庄园，安排死因裁判官审讯，而莫里顿的案子已经递交当地法庭审理。

纳克姆先生对整件事感到极为不安。

"这其中一定有什么猫腻，克里克，"他不断地说，"我不喜欢这种事情，把一个无辜的男孩当做杀人犯，我可以肯定地感觉到凶手不是他。虽然旁证强烈指向他，不过……"

"不管怎样，他最好先远离这件事，"克里克插嘴道，"注意，我没说这伙计是无辜的。韦恩这种人，谁要受他的影响久了，心中的魔鬼都会被激起。至于鲍金斯的故事，"他嘴角一边上扬，露出古怪的微笑，眨眼间便又恢复原样，他走到纳克姆先生身旁，将一只手放在他胳膊上，悄声说，"告诉我，你见过哪个人会在一颗子弹穿进大脑之后，还像鲍金斯所说的那样蠕动、呻吟，并做他描述的其他事情吗？这其中有'猫腻'，如果你喜欢这个说法的话。"

"我也这样觉得，"纳克姆先生回答道，"韦恩当时应该会立即死掉才对。那么你觉得鲍金斯才是凶手？"

"正好相反，我不这么认为，"克里克断然说道，"如果我的推论正确，鲍金斯不是杀死戴克·韦恩的凶手。就这点来说，奈杰尔·莫里顿的嫌疑更大。然后就是我从尸体上找到的借据的问题了。借据上签着'莱斯特·斯塔克'的名字，那个医生——天哪！多么忠诚的朋友！——他告诉我，莱斯特·斯塔克、一个叫韦斯特的小个子男人和莫里顿是好朋友，也是俱乐部队友。"

"那么，那个斯塔克就有可能是凶手了？"纳克姆突然插话，激动的口气中带着些许期盼。克里克突然转过身来对着他，责备地说："老朋友，莫里顿赢得了你的心，也赢得了其他人的心，你已经完全相信这个年轻人了。我也不得不承认他看起来是个纯洁、诚实、正直的年轻人。不过你已经准备好把谋杀戴克·韦恩的罪名安在任何除了莫里顿之外的人身上了。坦白说吧，你对这个人有了私心！"

纳克姆先生满脸通红。

"好吧，如果你想知道真相的话，我就告诉你！"他最终说道，以一种"我才不管你他妈的怎么想"的口气，"我就是希望我能有个像他这样的儿子，而且……而且……该死的！我不想看他被关起来。总而言之，就是这样！"

"你的总而言之还真长，而且还没结束。不过也没多大关系，"克里克回答，"嗨！是你吗，多洛普斯？"

"是的，先生。"

"有什么消息吗？有没有找到那天晚上想杀我的大黑胡子？

从你脸上的表情，我可以肯定你已经发现了整个谜题的答案。"

多洛普斯谨慎地走近，不断地回头看，就好像生怕鲍金斯那张苍白的脸正盯着他，又或者戴克·韦恩的尸体会跳起来，举着颤抖的手指指责他。他走到克里克身边，一只手紧张地放在克里克的手臂上。接着，他弯下腰，凑近克里克的耳朵。

"咳，我有预感，我就快要有答案啦，所以如果我不对的话就请帮助我吧！"他用极为夸张的口气低声说道。

克里克大笑起来，不过马上就表现得很感兴趣，纳克姆先生则打足十二分的精神来听这个年轻人准备说什么。

"我追踪到了那个嘴唇上满是胡须的讨厌鬼！"多洛普斯得意洋洋地说，同时又朝门口的方面瞄了一眼，然后继续压低声音，"今天下午，我在索尔特弗利特路远远看到了他，长官，然后我心想：'你就是那个想杀长官的笨蛋，对吧？你这家伙，给我等着！一定要让你尝尝地狱之浆的滋味，让你端坐着，为你的所作所为哭号。'他穿着船员的衣服，克里克先生，还戴着一顶黑色的帽子，帽檐低得遮住了一只眼睛。与他同行的人看起来像个真正的坏蛋。耳朵上戴着金环，身穿蓝色毛衣和船员的裤子，就像个花枝招展的女士。他也留着胡须，看起来就像是腐烂的水草。噢，老实说，他真不像个人间的生物！"

"在索尔特弗利特路？"克里克趁着多洛普斯暂停喘气的当儿赶紧插嘴说道，"那么，我那半夜来访的朋友肯定是要乘船出国了，死因裁判官的鉴定结果开始让他感到危险，国外才是最安全的地方。还有什么，多洛普斯？"

"没有其他大发现了，克里克先生，我跟着那家伙到了他住的地方，是在索尔特弗利特附近的一座简陋小屋，小屋旁边则是个很像造船厂之类的建筑。我想那家伙就在造船厂工作，这是我在猪哨酒馆填饱肚子的时候（侦查可真是个累人的工作，先生！）与一个叫强尼的船员闲聊得出的，我在那儿吃了一根香肠喝了一品脱'四点半'啤酒，那伙计几乎给我介绍了周围所有在船厂工作的人。我问他他们在船厂做什么，他说'造船和鼓风机，因为航行中偶尔才会有疾风'……总之，我发现了那个差点杀了你的恶魔，长官，这还是很不错的。以后如果不给他点颜色看看，那我就不叫多洛普斯。"

克里克大笑起来，一只手放在多洛普斯的肩膀上。

"你已经为解开谜题做了很大贡献，多洛普斯，我的孩子。"他说，"纳克姆先生，你是正常的右撇子吧？今天晚上我们要去索尔特弗利特路，看看还能不能从猪哨酒馆里再发现点什么。这就像'变形手臂'案的那段日子，孩子，每分每秒都充满着未知的危险，让我们对早餐胃口大开，不是吗？"

克里克又大笑起来，是那种开心的男孩儿式的笑声，这让纳克姆先生圆圆的脸上显现出极为震惊的表情。

"亲爱的克里克！"纳克姆先生劝说道，"别人可能会认为你真的很享受这种事呢！这段时间，如果你不注意就会被人钻空子，那么我和多洛普斯就得绞尽脑汁来解救你了。我拜托你千万要小心，就算不为我，你也要为艾尔莎想想。"

一提到这个名字，克里克的脸色立刻就变了。他的眼神浇灭了他们的热情，脸上的神情既不喜悦也不冷酷。他叹了口气。

"放心吧！"他转过身轻声说道，嘴角一边上翘，眼睛审视着纳克姆先生，"我会小心的，我亲爱的朋友，我保证。而且我也会向……她……保证。汉密尔顿·克里克的命对这种天使来说可是很珍贵的，因为，就像多洛普斯说的，我'差点就被杀了'……总之，我会小心的，你可以相信我。不过我要和多洛普斯单独出去一会儿，吃完午餐后我们要彻底搜查那家工厂，看看它到底生产什么。如果今晚我们不能带给你什么有价值的消息，那我就从伦敦警察厅退休，去幼儿园重新学习……该死的！我对年轻的莫里顿感到抱歉，不过除了让他待在监狱里，我们别无选择。死因裁判官审讯明天下午进行，到时会有很多发现。"

纳克姆先生沉重地摇摇头。

"我一点都不喜欢这样，海德兰德，"他借着烟的残火又点燃一支烟，然后吐出一口烟缓缓补充道，"有些东西我们还没搞清楚，一些重大的东西，我能感觉到。"

"嗯，之后的很多日子里，你的感觉会更加强烈，我的朋友，"克里克意味深长地回答，"总部来的信说了什么？我注意到你今天早上收到一封信，不过不得不说你的秘书真是太小心了，那封信看起来完全就像封情书，毫无疑问，我们那好奇的朋友鲍金斯也会这样认为。"

因为克里克表现出对即将到来的刺激夜晚感到愉悦，纳克姆先生的气压计并没有像平时一样显示为平缓，他没有笑。

"那些连续的银行抢劫案必须处理了，"纳克姆先生叹了口气，"必须马上把罪犯抓出来。案子看起来很简单，却没有一点蛛丝马迹留下。费罗威斯报告说又有一起劫案在伊令镇发生，像平常一样，只有金子被偷，银行债券都没动。如果劫案像现在这样继续下去的话，我们就要像迪克·特平一样被置于风口浪尖了。该死的，这些乞丐似乎每次都能逃脱。如果这里的案子不是这么困难又重要的话，我真想回伦敦再查查。坦白说，我有点担心。"

克里克摆摆手。

"别做傻事，老伙计，"他打断纳克姆先生，"给他们绳子来绞死自己吧，给他们很多绳子。这就是他们想要的机会。下令不要有任何行动，让他们再多弄点钱，不久之后你就能抓住他们了，他们会自己上钩的。现在我们最需要的就是耐心，他们很快就会变得大意，到时候你的机会就来了。"

"我真希望我也能像你一样对这个案子这么自信，"纳克姆先生摇摇头回答道，"不过你曾经解开过那么多不解之谜，伙计，所以我想我只能相信你的判断了，借你的意见让我高兴高兴。另外……啊，鲍金斯！午餐准备好了吗？我得说，我实在不想吃一个我刚刚送进监狱的人的食物，不过人必须吃饭，而且在明天死因裁判官审讯之前还要进行几个必要的讯问。那些人已经从太平间出来了对吧？"

鲍金斯谨慎地敲了敲门，伸进一个头发梳得光亮的脑袋，告诉他们午餐准备好了，然后走进房间肯定回答了纳克姆先生的问题。他的主人被指控为杀人犯，这就如同一颗巨大的卵石，打破了他生活的平静湖面，使其波纹阵阵，可他的行为却没有任何异常，只有那间距极近的双眼和狭窄的嘴唇偶尔闪烁出胜利的微光。

克里克吐了一口烟，一条腿翘在另一条腿上晃着，表现出一副鬼才关心的样子，这是他海德兰德伪装的一部分。

"好吧，"他摆摆手说，"我想说的就是，我不想站在你主人那边，鲍金斯。他有罪，这是毫无疑问的，而且他一定会受到制裁。"

"你这样认为吗？"鲍金斯的语调中暗含急切。

"我非常确定。他没有机会了，可怜的家伙。他很可能被处以绞刑！这真是个令人开心的饭前推测啊。我们得快点，不然饭菜就要冷了。雷克，老伙计，一起吃吧。"

整个下午，他们一点一点地讨论这个案子，将案子拆分成块来进行分析和对比，不断地重演戴克·韦恩穿过沼泽那晚的情景，除了鲍金斯，其他人都说韦恩没再回来过。到了晚上，纳克姆先生手拿笔记本，一边遭受着书写痉挛的折磨，一边喊着头疼。

克里克从调查中回过神来，把手伸展过头顶，突然笑起来。

"那么，雷克先生，今天晚上你可以想怎么休息就怎么休息了，"他轻轻地说，用左手按按右手的肌肉，感觉到它们绷紧，在外套袖里光滑结实得像象牙一样，就点点头，"如果要打架的话，我的状态还不至于糟糕得像个外行。不过我可以保证我不是在预测会发生任何打斗。这些晨报和当地报纸，对这整件事情报道了各种各样可怕又不准确的信息。莫里顿在这个行业似乎有很多朋友，当地媒体也强烈地偏向于他。不过这就是事情的现状。无论如何，他们会不断吸引你的注意直到我们再次回家。另外，你能不能告诉鲍金斯，我今晚会待在房间里写信，不想被打扰，如果他要出去的话，多洛普斯会帮我寄信为我服务？我不想让他有任何怀疑。"

纳克姆先生点点头，啪的一声合上笔记本，用橡皮筋绑起来，克里克则走过去把门打开。

"我上楼去我的房间了，雷克，"他用清晰响亮的音调说道，声音传至空空的大厅，让任何在那儿的人都能听到，"我要写几封信，有一封是给我未婚妻的，你知道的，所以我不想被打扰。"

"好的，"纳克姆先生同意清晰地说道，"再见。"

接着，门砰的一声关上了，克里克轻轻地吹着口哨，爬着楼梯走向房间，这时鲍金斯站在餐厅转角处，他们相互友好地点了点头。

看着克里克消失在楼梯口的身影，一丝微笑浮现在鲍金斯的嘴角，眼睛微微眯起来。

"哼！"鲍金斯朝着阴影说道，"你这伦敦警察是日子过得太好了吧？在这样的夜晚写情书！年轻的蠢蛋！"

然后他转过身，向厨房走去。楼上，克里克站在黑暗的过道里，无声地大笑着，肩膀因此而不断颤动。鲍金斯关于"伦敦警察"的想法着实让他愉悦。

第十九章　猪哨酒馆发生了什么

　　这是个没有月光的夜晚，大片乌云遮住天空，浓雾模糊了树和篱笆，把原本广阔平坦的沼泽变为一团吸满墨水般漆黑的污渍，不可穿越。

　　两个男人，穿着不合身的灯芯绒裤子和又脏又破的蓝运动衫，黑黝黝的脖子上围着鲜艳的围巾，大大的尖顶帽子刚好遮在眼睛上方，他们走在从莫里顿塔楼庄园通往索尔特弗利特湾的狭窄小道上。走到索尔特弗利特路的交叉路口时，另外两个人在半朦胧中从他们身边走过，两人戴着黑色的帽子，藏在帽檐下的眼睛盯着他们，然后声音沙哑地打着招呼："晚上好，老兄。"他们齐声答应着，个子更高更结实的那个边走边吹着口哨，步子放缓了一些，好让那两个新来的先走到前面的阴影里去。

　　他们刚走进阴影，高个子就停止了他那刺耳的口哨声，转向他的同伴，突然伸出手抓住同伴的衣袖。

　　"那是鲍金斯！"看着前面两人消失在阴影里，他沉声说道，"你看到他的脸了吗，伙计？"

　　"看到了，"多洛普斯严肃地回答，"真是一张典型的脸啊！

我要长成他那样的话，哪还有脸活下去，不如找个池塘淹死自己算了……没错，那就是鲍金斯，长官，和他一起的那个人，那个长着黑胡子尖下颚的……"

"嘘！不要这么大声！"克里克打断他，用细微低沉而又极具威严的声音对他耳语道，"我也认出他来了，那位午夜来访的朋友，还有刺穿的枕头。我可不会这么快就忘了这张脸。和鲍金斯一起！好吧，这当然是可以预料到的。那么接下来要思考的就是——一个普通船员或工厂工人会跟戴克·韦恩这样的人有什么该死的联系呢？或者又跟莫里顿有什么联系呢？我从没听莫里顿说过他对任何工厂有兴趣，而且我敢发誓他也的确没兴趣。不过，这个黑暗的陌生人（就像算命的人所说的）是谁呢？插手这件事，还试图谋杀我，就只是因为我刚好来到这里调查冰封火焰吗？……这是个问题，对吧，多洛普斯？冰封火焰，乡村绅士，身为船员的黑暗陌生人，提供了几十年家庭服务的管家；各种元素混杂在一起。现在，我想知道他们两个要去哪儿？"

"猪哨酒馆，"多洛普斯推测，"至少，那个黑胡子会去那儿。要是鲍金斯也去那儿的话，今晚事情就会变得有趣了。天哪！先生，如果你还看起来不冷血的话，我就没见过冷血的人了。

"只瞥你一眼我的血液都会变冷，真是这样的！我发誓，在舞台上那黑胡子都要给你让位。可以这么说，纳克姆先生要是看见你都会晕倒，如果在漆黑的小路上碰到你，我也不敢肯定我会不会说胡话。真想不通你怎么能做出这样的表情。"

克里克放声大笑，他伪装中的夸张成分受到观众的赞赏，因而十分满足。他挽上多洛普斯的胳膊。

"与生俱来的，多洛普斯，与生俱来的！"他用随意的语调回答道，"每个人都有，你知道的。王公贵族有他们与生俱来的权利……"他叹息道，"你与生俱来的是一颗顺从的心和坚定的忠诚。而我与生俱来的，只是一种把自己从一个人变成另一个人的能力，一种微不足道的小把戏，不过……嘿！前面有光！那是什么，我的袖珍指南书？"

"猪哨酒馆。"多洛普斯用沙哑的声音咕哝道，很高兴能有个借口来隐藏因克里克赞赏自己的个性而生出的愉悦。

"嗯，很好，是个有趣的开始。不要忘了，孩子，我们是从牙买加航行回来的船员，几乎身无分文。我们丢了工作，正在寻找新工作。听说这附近有家与航运有关的工厂，我们就从伦敦走到这来了。记住，是花了六天的时间，不要忘了这个。这也是段该死的漫长路途，我估计！另外，你的名字是萨姆，萨姆·罗宾逊。我叫比尔·琼斯……我们的朋友在前面了，快来吧。"

他们吹着口哨走向那家灯火通明的小酒馆。酒馆位于海湾边缘，他们左边平静的水面上到处点着灯盏，与黑暗相映衬。海港口处一片漆黑，就像烟雾缭绕的背景，一艘汽船不安地摇晃着，海水不断地击拍着龙骨，船头触到了码头，一排灯光照亮了它笨重的船身。人们说话的声音使这夜晚喧闹起来，许多人在船坞边的鹅卵石上跑来跑去，几艘渔船泊在这儿，只有它们的桅杆高过码头显现出来，挂在各处的船帆好似幽灵。

克里克暂停了一会儿，为这美景陶醉，接着他假定了自己今晚的角色。他把自己选的所有角色都演得多么好啊!

他清了清嗓子,用浓重的伦敦口音跟同伴说话。

"上帝作证,萨米!"他说,"这里看起来真是有点像到家了。好久都没见到海水了,我们喝一杯吧。"

有人听见这沙哑的声音转过身来,看了看这个肩膀硕大的人。接着克里克走到小酒馆的门口,举起一只手,伸出两根手指。显然这是某种标志,因为一瞬间嘈杂声便低了下来。克里克和多洛普斯无精打采地走进拥挤的酒馆,酒馆两边各有一群人,他们一开始还带着怀疑盯着两人,后来看到了两人身上熟悉的衣服,便用沙哑的嗓子朝他们说笑话,用他们的行话打着招呼,克里克则愉快地回应着。

鲍金斯站在他们靠右一些的地方,帽子依旧拉得很低,几乎遮住眼睛,一件破旧的大衣将脖子紧紧裹住。克里克用眼角瞥了他一眼,然后看到了他的同伴,嘴便抿紧了。他倒要试试这个坏蛋有几斤几两!竟敢半夜溜进他的房间谋杀他!侦探把手臂放在大理石吧台的边缘,手臂是棕色的,满是肌肉,一条蛇文身从强壮的手腕一直蜿蜒到手肘(噢,完美的化妆盒!),然后大喊着来一杯。他的声音生硬而沙哑,含着一股海洋的味道。多洛普斯用他的鼻音讲起了故事,这时酒馆女服务员——一个红头发的胖女人,脸上粗糙,一直笑着——上下打量着他们,把两个装满啤酒的锡酒杯放在他们面前,用嘴咬住克里克手中的钱,然后一低头把钱丢进抽屉里,继续跟他们聊天。

"你们是从外地来的,对吧?"她靠在吧台上对他们笑着,高兴地问道。

"是的。"克里克的声音锐利，语调高亢。

"我就知道。是航海的，我猜得对吧？"

"是的，"克里克再次说道，把剩下的酒吞掉，将酒杯推向她，意味深长地朝酒杯点点头。

她吸了口气，然后大笑起来。

"还要一杯，是吗？真是一个字都不浪费。你呢，老兄？"

"说我吗？"多洛普斯轻蔑地说，"不要在这里说奉承话了，小姐！我和我的朋友在进行徒步旅行——我们从伦敦走到了这里。"

"不可能吧！"

酒馆女的声音里混杂着钦佩和不可置信。拥挤而烟雾缭绕的房间里，人们顿时激起了兴趣，一个人喊道：

"你们从伦敦来？这可是不少路啊，老兄。你们来这儿干什么？伦敦的船员们又干些什么？"

"如今大多数人都在做的事——找工作！"克里克一边回答一边又吞下了第二杯酒，又把酒杯推向前要求加满，"我们从南安普顿来，离开伦敦是因为一个朋友告诉我们伦敦有工厂能提供工作，但其实根本就没有工作，上帝作证！一个船员怎么能去做衣服、锤锡罐呢？但这些就是伦敦能提供的工作。我没有诅咒那个地方……不，萨米和我对对方说……"他又喝了杯酒，用手背擦了擦嘴，"我们觉得伦敦不适合我们，我们是刚刚从牙买加回来的……"

"继续！你们还去了更远的地方吧！"酒馆女满是钦慕地说道。

"我们没有想到要往内陆走，因为内陆是不会有船员的。朋友告诉我们这里有个海港，附近有个工厂，船员也许能在这找到有尊严的工作。所以我们就走到这儿来了。"

"真是精力充沛！"

黑胡子——多洛普斯是这样叫他的——这时插话进来，他薄薄的嘴唇张开，咧嘴笑着，露出两排黑黑的牙齿。

克里克猛地转向他的方向。

"是啊，谁说不是呢？有趣的是，我们还有更多精力呢！不过这个工厂到底是做什么的？我们能有机会在这儿工作赚点钱吗？谁能告诉我们？"

酒馆顿时安静下来，人们面面相觑，然后又都看着吧台后面那个红头发的女人。那女人抬了抬眉毛点点头，咯咯笑起来，整个丰满的身子都在抖动。

克里克左边的一个大个子给了他答案。

"工厂制造电子配件这一类的东西，然后把他们运往国外，"他简洁地说道，"或许你不懂这些业务呢？我觉得也许老板不想要你呢，也许你还得继续往前走。"

"也许我不必再往前走了呢！"克里克反驳道，捧腹大笑起来。

"所以大伙儿就帮帮我吧，难道没有一个人愿意向我这个想找份工作的人伸出援手吗？有什么秘密啊？那位神秘的老板在哪儿?"

"最好在早上见他,"黑胡子挑衅地补充道,"他现在很忙,有时一整晚都要工作。不过我知道他也会有点空留给工人,来处理一些暴乱和分裂的机密事件,现在做这些事的家伙都走了,再也不会来这里找麻烦了。老板是很严格,不过这工作好,报酬也高。"他冷酷地笑了笑。

"而且你也没法再要求更多了,这就是我所看到的!"多洛普斯尖锐的声音插进来。

这段时间,克里克不断向鲍金斯和他那凶恶的同伴靠近,那两人站得有些分开,但极有兴趣地看着发生的事情。

最终,克里克接近了目标,他想方设法要挑起话题,然后就选择了酒馆女,她的玩笑能得到所有人的赞同,而且这时她正在和自信的多洛普斯展开生气勃勃的对话,讨论给与得的话题。

"那女人有点意思,是吧,长官?"克里克把头转向那个女人的方向,对鲍金斯说道。管家急转过身来,傲慢又愤慨地盯着克里克。

"喂,你最好把你的手拿开!"他生气地说道,因为克里克用手肘友好地戳了戳他的肋骨。

"噢,好的!我无意冒犯!看你的样子,我以为你是老板。不过你肯定跟工厂没有一点关系。我知道了,你是秘密的绅士。"

"那你就错了!"鲍金斯激烈地反驳,"而且如果你想知道的话,我和工厂的确有些关系。为表示礼貌,我也许能给你一份工作,也能给你朋友一份工作,虽然我并不在意你们伦敦人的身份。在我住的地方有几个人也是从伦敦来的。我是奈杰尔·莫里顿爵士的莫里顿塔楼庄园的管家，如果你急于知道我是谁的话。"他的胸口明显起伏着，"私下里，我还做一些……其他事情。而且我有一定的影响力。现在能闭上你的嘴了吗？"

"我们会像懒洋洋的狗一样安静的！"多洛普斯突然插嘴，他就在克里克身旁，两人都猛地点头。

"好吧，那么我会看看我能做些什么。请注意，我没有做任何保证，我要再想想。你们最好明天来找我。就定在晚上吧，因为明天塔楼庄园要进行审讯。我的主人因谋杀他的朋友被捕了，到时我必须在那儿。就明天晚上怎么样？"

克里克深吸一口气，伸出手来。然后好像想起来与他说话这个人的上等地位，又把手收了回来，说："您是位真正的绅士！认识您的人都会知道您是个有影响力的人物。那么就是明天了，我们会到这儿来，非常感谢您的帮助……那个杀人犯是谁？是因为打斗吗？我对这类事可是很感兴趣呢。"

他挺直身体，装着要拳击多洛普斯的样子，这似乎让他的观众感到愉悦。

"就是这样，就是这样，老兄！"一个骨瘦如柴的男人喊道，他之前一直沉默着，"我看出来了，你就该属于这儿！那个小个子也是。"

"看来我可以让你尝尝打架的滋味，来使你高兴了，"鲍金斯低声说道，"是的，那个人说得对，你就该属于这儿……大家晚安，时间到了，我要走了。"

"晚——安。"大伙儿齐声说道，而胖胖的酒馆女则用短粗的手指朝他送了个飞吻，在他身后喊着："快些再来啊，亲爱的。"

克里克看着多洛普斯，两人都意识到要在鲍金斯之前赶回塔楼庄园，以防那家伙会（非常有可能会）查探他们的行动，核查克里克写信的进度。他们得动作快点了。

"那么，萨米，我们还是回去睡觉的地方吧，那儿舒服就得像家一样。"克里克几乎立刻说道，然后吞下了他的最后第四杯酒，慵懒地朝门口走去。众人齐声问话让他停了下来。

"你们在哪里睡？"

"离这儿半英里的地方有个干草堆，我们就在那底下睡。"克里克胡乱回答着。

酒馆女的眉毛皱成一团。

"干草堆？"她重复着，"从这条路直到费奇沃斯都没有干草堆啊。你们是路过看到的吗？"

克里克立刻反口。

"这里没有吗？好吧，如果真没有，那么那个我叫干草堆的地方就是离这里最近的一个遮蔽处，伦敦人把那个叫作干草堆，说法不同而已。"

"噢！那我猜你说的是那个谷仓了，朝村子方向走四分之一英里的地方。"酒馆女又微笑起来。

"就是那里。晚安。"

"晚安。"沙哑的声音一齐说道。

外面天黑得伸手不见五指。

"最好从田里穿过去，多洛普斯，"他们正要往崎岖不平的路上走，克里克低声说道，"这样就能超过他。这些雾会帮助我们的。好险，干草堆的事情掩饰过去了，我差点就露出马脚，那女人真是个可怕的生物！"

"看起来就像只松垮了的水母，"多洛普斯嘲讽着，"该死的鲍金斯就在我们前面，先生，我们要跨过这边缘的间隙，还要穿过他身旁的田地……这真是个艰难的夜晚，是吧，先生？"

克里克叹口气，几乎都让人觉得他在为这一事实感到悲叹。

"不，多洛普斯，"他轻轻地说，"这是我所经历过的这类夜晚中最平静的一次，但我们也从中搜集了一些东西。不过鲍金斯跟这个工厂到底有什么该死的关系呢？不管是什么，肯定有很深的牵扯，我们寻找蛛丝马迹的时候一定要非常小心。你会帮助我的吧，多洛普斯？你知道的，没有你我可没法干这些。"

"肯定会的，先生，肯定会的，"多洛普斯吸了口气，用沙哑的声音对克里克低声说，"不管你去哪里，我都会跟在你身边，你再也甩不掉我了。"

"好孩子！"接着他们继续加快脚步。

第二十章 审 讯

周四的早晨天一亮便是阳光灿烂，天空清澈湛蓝，而这一天却已经注定惨淡。

"多好的天气啊！居然要浪费在这样的任务里！"克里克叹息着，他吃完早餐，吸着烟走到前门，"就在这个倒霉的地方，在这扇门前发生了谋杀案。我们要把事情搞清楚！"

他抬起脚跟，又走回那个阴暗的大厅，好像见到阳光会让他恶心。克里克在想莫里顿，他被关在村子的监狱里，等待着这一天的到来，如果审讯结果对他不利，那么他又要继续等待，就要在公开法庭接受审判，到时法学院毕业的精英们会一齐向他开火，这对他无疑是个可怕的悲剧。一个由死因裁判官组成的陪审团，他又怎么能逃脱的了呢？

又或者，尽管有证据，他们还是会释放莫里顿。事情可能会有转机，因为自己在死者口袋里找到的那张借条，上面签着莱斯特·斯塔克的名字。斯塔克今天审讯时也要到场，讲清楚他与这件事的关系。有了这个漏洞，奈杰尔能够逃过一劫吗？这是个问题。

审讯两点开始。十一点时，这座大房子前就开始挤满了好奇的人群。当地报社的记者、伦敦出版社的一两个代表也来了，他们的记者证就是通行证。皮特里站在门口，阻挡无关人员，不过任何能给案子提供线索的人，如亲眼看见或其他方式，都允许进入。因此，承认自己"亲眼看见"与整个案子有关的事情的人数不胜数。一点钟时，几乎所有人都进来了。一点十五分，安托瓦内特·布雷利尔到了，她一身黑色，厚厚的面纱裹住苍白的脸颊。她的叔叔陪着她一起过来。

他们在大厅里遇到克里克，一见到他，安托瓦内特就跑上去抓住他的手臂。

"您就是海德兰德先生，是吗？"她不是询问，而是直接陈述，她的声音激动不已，整个身子都颤抖起来，"我的名字是布雷列尔，安托瓦内特·布雷列尔，您应该从奈杰尔那儿听说过我，海德兰德先生，我……已经跟他订婚了。这是我叔叔，我跟他一起住。这是海德兰德先生……这是布雷列尔先生。"

安托瓦内特心不在焉地给两人做着介绍，他们相互鞠了躬。

"很高兴见到你，先生。"布雷列尔用生硬的英语说道，"不过我真希望我们能在更高兴点的情况下见面。"

"我也是。"克里克低声说，一边观察着这个男人整洁的外表和敏锐的眼睛，如果事情不像现在这样的话，这个人已经成为莫里顿的岳父了。克里克发现自己很喜欢布雷列尔的外表。

"我们什么都不能做吗？"布雷列尔彬彬有礼的声音里带着焦急，他完全法国式地伸出手，用力扯了扯他那铁灰色的胡子。

"你可以在证人席上说出任何你知道的可能有帮助的事情，布雷列尔先生。我们正在寻找对这整个令人痛心的悲剧的知情者。你可以以这种方式来帮忙，但也只能以这种方式。至于我，"克里克耸耸肩，"我并没有马上相信奈杰尔爵士就是罪犯，不知怎么的，我不能相信。不过，如果证据对他不利……"

安托瓦内特突然啜泣起来，布雷列尔温柔地领着她走了。这对她来说真是痛苦的折磨，不过她坚持要来——既害怕又希望自己能在证人席上对奈杰尔有所用处。他们走到那个宽敞而拥挤的房间，一张桌子和几把空椅子摆在屋子的最里面，还有一张平台上面摆着两具尸体，身穿寿衣用黑布盖着。看到这些，虽然安托瓦内特极力想保持镇定，但她还是哭了起来。

布雷列尔在房间里侧给安托瓦内特找了张椅子，自己站在她身旁，这时他看见鲍金斯站在克里克身边，穿着平常的衣服。布雷列尔经过他时，他还作出尊敬的手势，淡笑着跟布雷列尔打招呼，好像布雷列尔是他非常欣赏的人。

接着，人群骚动起来，站在门口的人们给罪犯让开一条路。

莫里顿走在两个警察之间，脸色苍白，形容憔悴，这几日的折磨让他看起来老了很多。他的嘴角眼角生出许多纹路，很不好看。他瘦了、老了，太阳穴处的鬓发已变得灰白。他僵硬地走着，抬着头，眼睛定定地看向前方，双手铐在身前；他的神情平静而庄严，对这一切露出一丝冷酷的笑容。是什么让他保持这种态度，却无人得知。

安托瓦内特一看到莫里顿便惊呼出声，赶紧用手帕捂住嘴。

莫里顿认出了她的声音，脸颤了一下，然后目光穿过拥挤的房间，他看着她——微笑起来……

陪审员一个接一个走进来，十二个结实强壮的乡村商人代表，一个当地医生，还有一两个农夫参插其中。死因裁判官紧随其后，从车里拿出了最新的证物（因为费用由村庄支付，他会不偏不倚地审讯）。接下来，可怕的审讯开始了。

一阵喧闹过后，死因裁判官按照通常惯例把遮尸布掀开（这个死因裁判官似乎缺少点独创性），人群开始激动地窃窃私语，表现出病态的好奇心。记者们则开始在笔记本上涂写，对这类案子的经历让他们脸色苍白，心中慌乱。人群中有一两个人喘着气，闭上了眼睛。布雷列尔用法语大叫一声，立即用双手遮住脸。而安托瓦内特没发出一点声音，因为她没有看，她不会看那些躺在那儿的狰狞尸体，没有必要。

死因裁判官开始以一种公事公办的口吻发言，他站在稍高一些的台上，身体微微往下倾，用手指着死去的戴克·韦恩太阳穴处烧焦的黑色小洞，又指了指柯林斯头上的伤口。

"在场各位，很显然，"他平淡地说，"两位死者的死因都是头受到枪击。两人以相似的方式被杀害是巧合，杀死他们的手枪并非同一种。韦恩头上的子弹伤口非常小，我们已经取出了那颗子弹，而且我们认为我们也找到了那把对应的手枪。而在詹姆斯·柯林斯的案子中，没有任何人证物证表明有我们认识的人与之相关。因此，我们会先处理戴克·韦恩的案子。戴克·韦恩死于太阳穴的枪击，是……或者应该是当场死亡。我们会先请嫌犯发言。"

他从桌上拿起手枪，用他的大手掌握住。

"这把手枪是你的吗？"他问道，粗黑的眉毛下，眼睛直盯着莫里顿的脸。

"是的。"

"很好。如你所见，这把枪曾打出过一发子弹，六个子弹槽中有一个是空的。"他俯下身，捡起一个小东西，放在另一只手的掌心里，两手齐平，"奈杰尔爵士，我问你。这发子弹我们认定属于这个型号的手枪，而你承认这把手枪为你所有。那么，这枚子弹是否跟你手枪里的子弹一样？"

莫里顿低下了头，他的眼里露出静默而受伤的神情，但他坚决而沉着的声音传遍了整个拥挤的屋子。

"是的。"

"这发子弹是从死者头里取出来的，这把手枪是你自己交给警察的，而你也说那天晚上你用这把手枪开了一枪，那么，我是否可以认为就是你杀害了戴克·韦恩？"

"我没有杀人。"

"嗯。"一瞬间，屋里安静下来，只剩下笔在写字的沙沙声，某个人拖着脚步走的声音和快速吸气的声音——再没别的了。接着，死因裁判官再次出声。

"那么，告诉我们你的版本，"他说，"那天晚上发生了什么？"

于是莫里顿便讲述了那晚的经过，声音清亮，头抬得高高的，眼里闪耀着光芒。他讲述了火焰和灵魂的事，当这些话从嘴里说出时，莫里顿甚至感到整个房间里突然充满了不信任的寒意。没有任何声音打断他陈述，不管怎样，他已经得到了公正的听证会。但在这群实际而缺乏想象力的人中，没有一个人相信他，除了少数本来就知道这个故事是真的人外。

当莫里顿那坚定的声音最终安静下来，死因裁判官便打开合着的手指，粗黑眉毛下的眼睛看了一眼莫里顿。

"在我们知道你和死者的恩怨，并且亲眼看见手枪和子弹的证据后，你还希望我们相信你的故事吗，奈杰尔爵士？"

"我说的是事实，其他的我什么也做不了。"

"没有人能做什么，"死因裁判官严肃地回答，"不过必须承认我还是有疑问。这个故事太牵强了，对一个正常的人来说完全不可能……"

"但你必须承认他那天晚上并不正常！"房间里传来一个快速的声音打断了死因裁判官，大家都转头看向巴塞洛缪医生，他那满是皱纹的脸上充满担忧，"在酒精和戴克·韦恩那个魔鬼的影响下，就可以解释一个人会……"

"肃静！"死因裁判官厉声说道，好心的医生便只得被迫服从。

接着讯问继续。嫌犯被要求退下，人们则一齐发出抗议的声音。虽然莫里顿的故事难以让人相信，但人们只要一与莫里顿接触就会很快喜欢上他，所以没人想看见他被判有罪——除了几个已经打定主意要把他送上绞架的人之外。

三四个可能的证人被传唤，但没得出任何有用的信息。接着鲍金斯被传唤到桌前。他走出重重包围的村民，从安托瓦内特的椅子边挤过，他的脸发白，嘴紧抿着。他站在陪审团面前，准备好回答死因裁判官对他提出的问题。讯问完奈杰尔爵士后，死因裁判官的方式似乎有所改变，他像机关枪一样迅速抛出一个个问题。

鲍金斯很好地通过了这一考验，所有回答都经过仔细考虑。他陈述了那晚他的所说所见，虽然他是那种出现在人前就会紧张的人，但他的声音相对平稳。

克里克待在法庭后面等待鲍金斯证词里的那个漏洞，纳克姆先生在他右边，多洛普斯在他左边。他微笑着看死因裁判官是怎么发现这个漏洞的。他对那位大人物的看法大幅提升。

"你说死者受到枪击之后，你听见他在花园的小路上呻吟，然后亲眼看见他死了？"

"是的，先生。"

"但是，死者是被打在太阳穴这个特殊位置，以这样的方式被杀的人通常立刻就死了。这不是很奇怪吗？"

鲍金斯满脸通红。

"我没什么可说的了，先生。这就是我听到的。"

"嗯，好的，这一证据确实不切合实际，医生在此案上可能出了错。我们待会再研究这一证据。退下。"

鲍金斯松了口气似的退下了，又挤回了他的位置，他的朋友朝他点点头，祝贺他在陈述证词时的表现。

接下来，托尼·韦斯特被传唤上台，他极为恼火地讲述了他所知道的那晚发生的事，就好像整件事让他彻底厌倦，而且他完全想不明白为什么会有人认为奈杰尔杀了人。结束讲话之前，韦斯特跟死因裁判官说了这些。他回到自己的位置上时，人们也都低声私语表示赞同。他的态度得到了大众的支持，他们本希望能听他说得更多些。

但还有另一份证据需要展示，这是一张褶皱的白色废纸。

死因裁判官拿着这张纸在高处挥了挥，以使每个人都能看到。

"这张纸，"死因裁判官说，"是张借据，在死者身上找到的，欠款为两千英镑，上面签着莱斯特·斯塔克的名字，这是份重要的证据。斯塔克先生，能请你上前来吗？"

法庭后面传来一阵沙沙声，斯塔克挤到前面来，他的脸很红，眼中闪过一丝羞愧。斯塔克过来时，莫里顿感到自己的脉搏加快，心也跳了一下，虽然随后他就厌恶这种感觉。他看向安托瓦内特，发现安托瓦内特也正看着他，把她满腔的爱意都展露在他面前，也展露在所有人面前。这激励了莫里顿，安托瓦内特本意也是如此。

斯塔克站在了证人席上。

"我想，这张借据是你的吧？"死因裁判官快速说道。

"是的，先生。"

"借据是在嫌犯与死者见面的两天前写下的。上面的签名是你的吗？"

斯塔克低下头，他的眼睛搜寻着奈杰尔的眼睛，目光落在奈杰尔苍白褶皱的脸上，那脸上慢慢露出担忧。接着他又看向死因裁判官。

"在戴克·韦恩拜访莫里顿的两天之前,戴克借给我那笔钱。除了我们俩,没人知道。我们从来就不是好朋友,事实上,我相信他恨我。我妈妈曾经……嗯,对他很好,而且我猜他没有忘记。总之,我们家遇到了困难。我发现我的……我的父亲,留下了很大一笔债务,我们必须得偿还。有个女人……噢,我不该在这样的地方说这些家事是吗?……嗯,如果必须说的话我就说吧,不过这真让人讨厌……我父亲养了个女人,他死的时候写下遗嘱要给那女人两千英镑,但他的债务清偿后就没有两千镑了。我们……我们必须面对这些。付清所有的债务后,那女人来跟我们要钱。律师说这在她的权利范围之内,我们必须掏钱。那时我拿不出那么多钱,因为几乎所有的钱都用来还债了。"

"所以你向韦恩先生借了钱?"

"是的,我向戴克·韦恩借了钱。其实我宁愿砍了我的右手也不想跟他借钱,但我知道莫里顿就要结婚了,我不想让他再负担上我的债务。不要这样看着我,奈杰尔,老朋友,你知道我不能!托尼·韦斯特的钱只够他自己花,我又不想去借高利贷。所以我母亲建议我去找戴克·韦恩。我以我母亲的名义去找他,结果受尽侮辱。当时我们很不愉快,不过他答应借钱,而且他也的确借了。现在我在赶一篇论文,想尽可能多还点钱,一个堂兄在帮我照顾母亲,直到我自己有能力照顾她为止。我们已经在切尔西那边找了个小地方落脚。事情就是这样。"

"嗯。如果陪审团要求的话你能拿出证据来吗?"这时,死因裁判官说道。

"我能，现在就可以。"他猛地将手伸进口袋，抽出一扎文件抛到死因裁判官面前。死因裁判官看了一眼上面的内容，似乎很满意它们提供了自己所寻找的答案。

"谢谢……你没有手枪吧，斯塔克先生？虽然你有杀害韦恩先生的动机。"

斯塔克有些吃惊。

"杀他的动机？你不会在暗示是我杀了他吧？这所有的愚蠢的事情！不，我没有手枪，裁判官先生。而且我也没什么可说的了。"

"那就退下吧。"死因裁判官说道。于是莱斯特·斯塔克大步走回了他之前一直坐着的椅子，他脸上通红，目光炽烈，嘴唇紧闭着。

一些其他证人也来作了陈述。布雷列尔讲述了莫里顿如何打电话给他问韦恩是否回到他那儿了。讲完那晚他知道的所有事情之后，他以一句"无论如何我都不会相信奈杰尔·莫里顿爵士犯了杀人罪"结束了陈述。

案子的范围缩小了。整个法庭的人都坐立不安，时间渐晚，所有证据都指着一个方向。经过陪审团的讨论，陪审长——一个壮实而自命不凡的家伙——站了起来，对死因裁判官低声匆匆说了几句话。死因裁判官用一条丝质手帕擦了擦额头，环视四周，这真是个艰难的案子。不过他很高兴就可以吃晚餐了，于是他站起来，转向那个拥挤的房间。

"先生们，"他说，"所有展示在我们面前的证据，我尚未发现任何漏洞能让嫌犯澄清罪行，也尚未发现任何可能使我做出除现在被迫通过的裁定之外的机会。只有鲍金斯的证据有些问题，他说死者受到枪击后还呻吟了一两分钟。这一点，我必须说，让我对他整个故事的准确性有些怀疑，但主要事实与证据还是相符的，并且指向一个方向。案子中就只涉及一把手枪，而且是把有特别构造和口径的手枪。我向大家展示过那把手枪，也展示过从死者头里取出来的子弹。在我不得不宣布嫌犯有罪，并把他提交给高级法院之前，还有人愿意提供证据吗？如果有的话，我请求你说出来，而且要立刻说出来。时间短暂，先生们。"

　　死因裁判官的声音停下来，瞬间房间陷入沉默，连根针掉在地上都能听见。接着传来椅子刮擦地板的声音，一个低低的女声快速说道："我愿意！我愿意！我有些事情要说！"声音因激动而刺耳，然后安托瓦内特·布雷列尔站了起来，纤瘦高挑的身体裹在黑色的罩袍中，面纱遮住了她苍白的脸颊。她手里拿着什么东西，举得高高的让所有人都能看见。

　　"我……我有些事情要说，裁判官先生，"她的声音清晰而响亮，"也有些东西给你看。就是这个！"她从人群中挤过去，人们给她让开一条道，看着她迅速走到死因裁判官的桌前，拿出一样东西。那是把小尺寸的手枪，跟放在死因裁判官桌上的那把枪一模一样。"这把枪，"她清楚地说道，看一眼莫里顿的脸，面无血色地笑了笑，声音越来越高，"这把枪跟你拿来的那把一模一样，一样的构造，一样的口径，所有的都一样！"

"确实如此!"此刻死因裁判官也不再镇定,他激动地看着安托瓦内特的眼睛,"你是从哪儿得到这把枪的,布雷列尔小姐?"

　　"从韦瑟斯比庄园,在一间起居室里的写字台最上面的抽屉里,"安托瓦内特镇定地说,"一直都在那里。你会发现里面少了一颗子弹。一切都相同,裁判官先生,一切都相同!"

　　"它属于你家中的某个人吗,布雷列尔小姐?"

　　她后退一步,深吸一口气,然后眼睛盯住了莫里顿的脸。

　　"这把枪是……我的。"她说。

第二十一章　问题和答案

人们惊奇地议论起来，声音就像起风一般。死因裁判官举手示意肃静。

"你说这把枪是你的，布雷列尔小姐？这真是最引人注目——最引人注目的了！这种枪是法国制造的对吧？你是在国外买的吗？"

"是的，就在我第一次来英国之前。那时我正途经突尼斯，而且……嗯，我喜欢带着这些东西。我想奈杰尔爵士的手枪应该是在印度买的——通过那家法国制造公司的代理商。"

"但是……"死因裁判官用低沉的声音怀疑道，"你是在告诉我们那天晚上是你开的枪吗，布雷列尔小姐？"

她微笑着摇摇头。

"不，那是不可能的。但我的手枪一直放在那张小写字台里，自从我来到英吉利海峡的这边后我就一直没用过。那晚我有些头疼，早早就上床了。我叔叔可以作证。他送我回房间，然后整晚都待在书房里，这点他之前已经说过了。不，我不能说我谋杀了戴克·韦恩，虽然为了救奈杰尔我愿意说任何话。直到昨天我才发现我这把小手枪被人用过，当时我恰好要去写字台找一封锁在那个抽屉里的信。然后我把枪拿了起来，试着检查了一下——我也不知道为什么我会这样做，也许是因为这把枪和奈杰尔的一样吧，我……"她突然哽咽了，于是紧咬着嘴唇控制自己，"这算是个漏洞吗，先生？奈杰尔爵士能凭借这点得救吗？显然我们必须查出是谁用过这把枪，是谁从里面打出过一发子弹。"

她的声音可怜极了，让在场的很多人都流下了眼泪。死因裁判官咳了一声，然后询问地看向从椅子上站起来的布雷列尔。

"你对此有什么要说的吗，布雷列尔先生？"

布雷列尔用舌头咂了下嘴。

"恐怕我侄女在浪费您的时间，先生，"他轻轻地说，"因为五个月以前我恰好用过那把小手枪。我们有一条受伤的狗——你还记得弗朗科吗，安托瓦内特？如果你把目光放在那时候，你还会想起他最终被枪杀了，是我被迫做了这件让人难过的事情。我很爱那条狗，它是——你们是怎么说的？——一个真正的'朋友'。枪杀它让我很难过，但我还是这样做了，就是用的那把枪，很轻的一把枪。安托瓦内特一定是忘了我曾跟她提过这件事。

"恐怕这跟本案没有关系——虽然上帝都知道，如果我能帮忙的话，我愿意做一切事来终止这可怕的事情。这就是我要说的。"

他欠了欠身，又坐下来，微微皱着眉，示意他的侄女回到座位上。安托瓦内特哀怨地看着死因裁判官的脸。

"很抱歉，"她断断续续地说，"我完全忘了。当然，这都是真的，就像我叔叔说的。但我是多么渴望——多么渴望！这看起来就像个机会，你明白吗?"

"我明白，布雷列尔小姐。但是很抱歉，这个证据在此案中没有用处。警员，把嫌犯带走等待高级审判。必须说，我认为在所有提出的证据的基础上，嫌犯只能得到我今天所通过的判决。很抱歉，奈杰尔爵士，但是——每个人都有自己的职责，你知道的……我们回办公室去，默克福德先生。"他向他的办事员示意，办事员立刻站起来跟在他身后。"再会，先生们。"

于是，整个令人疲倦的讯问就结束了，而对那个半夜来到房间想要取他性命的潜在刺客，克里克却只字未提。克里克注意到鲍金斯有些惊讶地看着他，但什么都没说。鲍金斯所知道的比他今天发誓后所说的要更多，对于这点克里克很肯定。好吧，他会等待时机，除了在死因裁判官和警察面前公开说出证据，还有其他方法。晚上，他要去见鲍金斯，与他讨论自己去电器厂工作的可能性。由此可能会发现一些事情——一定会发现一些事情。要让案子就这样结束是不可能的，而一个无辜的男孩——虽然证据对莫里顿不利，但克里克肯定他是无辜的——也不应该被绞死。

克里克从房子里走出来，暮色渐深，他碰了碰纳克姆先生的胳膊，然后跑到嫌犯正要踏进的警车旁，警卫待在莫里顿两侧，他的脸色苍白，肩膀耷拉着。安托瓦内特站在几步之外，脸上满是泪水，安慰莫里顿的话不断被自己的呜咽声淹没。莫里顿似乎没注意到安托瓦内特，但一看到克里克他便急转过身来，发出刺耳的笑声。

"看你对我做的该死的好事，真对得起你的名声！"莫里顿嘲讽地说，脸气得发红，"天哪！怎么会让这些蠢蛋掌管法律呢！这次你犯错了，克……"

"等等！"就在莫里顿差点说出名字时，克里克捂住了莫里顿的嘴，"警官，我是从伦敦警察厅来的，如果你们不介意的话，我想在你们带他走之前跟他单独说句话。我会负责他的安全，我保证……乐观点，孩子，我还什么都没做呢！"那两个警员从两旁走开后，克里克沉声说道，"我什么都没做是为了长远打算，但是证据莫名其妙就指向你了。我本来寄希望于那张借条，但整件事一下子就解释清楚了——斯塔克有证据，你知道的。到底是怎么回事我们还不能下定论，但这明显是真的……你只需要保持乐观，孩子，这就是我想告诉你的。我敢发誓你是无罪的，而且我会证明这点！"

莫里顿发出了呜咽般的声音，猛地伸出一只手。

"对不起，先生，"他断断续续地说，"但这真是魔鬼般的考验。过去一周我过的是怎样的生活啊！如果你能知道能想到的话！我的勇气都要被撕碎了，我差点就放弃了希望……"

克里克抓住他的手紧握着。

"永远别放弃希望，莫里顿，永远别放弃希望，"他柔和地说，"我曾单独经历过一次打斗，那是很多年以前了，伤疤还留在那儿，但现在也只是一道红痕了。如果有什么事能救你，能完全证明你是无辜的，那我就会去做。这就是我想说的。再见，还有——振作起来。我要去跟那个小姑娘说几句话，让她也振作起来。一有情况我就会让你知道。"

克里克紧握住莫里顿那双被冷酷的手铐铐在一起的手，朝他微笑，那笑容满含着希望和承诺。

"上帝保佑你，海……海德兰德先生。"克里克向两位警卫示意时，莫里顿对他回答道。站在两个警员之间，莫里顿走进了身旁的汽车。门关了起来，引擎呜呜作响，车子启动驶向当地的警察局，留下一个男人和一个姑娘在原地注目，两人眼中都闪烁着无声的悲哀与同情。

看着车消失在街角，安托瓦内特转向克里克，眼神充分显示了她内心的痛苦。

"海德兰德先生！"她顿时泪如泉涌，"噢，先生，要是您能知道，能理解我可怜的心为那无辜的男孩所遭受的折磨就好了！它每分每秒都在破碎。有什么办法能救救他吗？我可以用我的生命打赌，他是无辜的！"

克里克将手放在安托瓦内特脆弱的肩上，低头注视着她苍白的脸。

"我知道你会的，"他温柔地说，"我也知道并理解一个好女人会怎样对待她心爱的人。但是，告诉我，告诉我有关那把手枪的故事——你的手枪。你能保证你叔叔确实是用了你的枪杀死了弗朗科那条狗吗？你记得吗？请原谅我这样问，或者质疑布雷列尔先生所说的证据，但我急于把莫里顿从法律的手中救出来，所以我们不能放过任何线索，也不能隐藏任何秘密。回忆一下那个时候，然后告诉我你叔叔说的是不是真的。"

安托瓦内特的眉毛皱起来，好似极为困惑，纤细且完美修剪的手指轻叩着她洁白的牙齿。

"是的，"她最终说道，"是的，他说的每句话都是真的——每句话，海德兰德先生。在那个恐怖的房间里，我一瞬间忘记了可怜的弗朗科的死。但现在——是的，我完全想起来了。我叔叔说的是事实，海德兰德先生……我可以向你保证。"

克里克叹了口气，接着说：

"但他用的是你的手枪吗，布雷列尔小姐？试着想一想。他说他当时告诉过你。你能记起你叔叔告诉过你他用你的枪杀了那条狗吗？这是我想知道的。"

安托瓦内特耸耸肩，摊开双手。

"这太难了。我试着去回忆，但这件事实在太小了！而且没有理由要怀疑我叔叔呀，海德兰德先生，因为他也很爱奈杰尔，如果有什么办法能把莫里顿从这可怕的阴谋中解救出来的话——噢！我肯定他会告诉我的，我肯定！他完全没必要对此说谎啊。"

"但是你想不起来你叔叔曾对你说过吧，布雷列尔小姐？"

"是的，但是我肯定，肯定他说的都是真的。"

克里克耸耸肩。

"当然了，你是最清楚的。那么，我们必须尝试找到其他漏洞。我向莫里顿保证我会跟你说些话，布雷列尔小姐，只是告诉你要保持乐观——虽然这很艰难。但所有事都可以解决，也都会解决。另外，如果你碰巧听说我已经丢下这个案子回伦敦了，一点都不要惊讶。有用的方式方法并非只有平常人所能想到的那些。不要对任何人提起我对你说的话。请一定要保守秘密，而作为我的一点心意，我向你保证，只要能为莫里顿做的我都会做。再见。"

克里克伸出手，安托瓦内特将自己纤细的手放在他手里。她打量了他一会儿，扫视着他的脸，就好像在查探克里克是否有一丁点可能会背叛她所珍爱的莫里顿，然后脸上露出淡淡的微笑。

"我有种感觉，海德兰德先生，"她温柔地说，"你会成为我和奈杰尔很好的朋友。这是女人的直觉，这种直觉能帮助我承受我们正在面临的可怕悬念。我向你保证，我绝不会对别人提起我们这次谈话，如果这对奈杰尔有帮助的话，我以后也会闭紧嘴巴的。你会让我知道事情的进展吧，海德兰德先生？"

"这个我现在还说不好，这完全要取决于事情发展的具体情况，布雷列尔小姐。你可能很快就能听到消息，也有可能一点消息都没有。但我也跟你一样，始终相信他是无辜的。所以你要相信我一定会尽我所能，无论发生什么。再见。"

他轻轻地握住托瓦内特的手指，一会儿之后，他放开手，欠了欠身，提起脚向站在附近的纳克姆先生走去，他们是今天下午这可怕的讯问最后的观众。多洛普斯站在稍靠后一点的地方，等待他的任务。

"我们去乡村'酒馆'吃晚餐吧，亲爱的雷克，"克里克大声清晰地说，他的声音传至这个冷清花园的每个角落，"然后我们有足够长的时间回到塔楼庄园来收拾行李，离开这鬼屋。这案子真是让人难以承受，我要放弃了。"纳克姆先生张开嘴想说些什么，但克里克没给他机会。"这案子真是太可疑了，"克里克继续说道，"唯一的线索就是飞舞的火焰和一片烧焦的草地，完全不像那段有趣的美好时光一样打动我——而且所有的证据都指向年轻的莫里顿。我能说的就是，我们走吧。这就是我的想法。"

"我也是这样想的，老伙计！"纳克姆先生断然同意，接着克里克的话说道，虽然他的脸色黑黑的，"什么时候你准备好了，我们就回伦敦。"

"只要多洛普斯把我们的行李收拾好送到车站去，我们就能走啦。"

第二十二章　新的开始

收拾行李十分简单，收拾完才刚刚七点，克里克和纳克姆先生已从衣帽架上取下外套和帽子，好心劝鲍金斯赶紧把房子封起来清理干净，他们每人往鲍金斯手里塞了点金子，然后又站在敞开的大门口说了会儿话。夜晚的寒意潜入屋子，把阴暗的大厅变成了一个家族墓穴。

"我能说的，"克里克嘴里含着雪茄，手插在裤袋里，脚不停地摇晃着，"就是离开这里，鲍金斯，尽快离开。不介意告诉你，我很高兴我能离开了。这件事从头到尾邪恶又离奇，不怎么对我的胃口。现在，我喜欢像样点的抢劫案，或去追捕动作快速的小偷。你知道的，鲍金斯，每个侦探都有他们最喜欢的犯罪类型。残忍的谋杀可不符合我的喜好。"

鲍金斯恭敬地笑着，搓着两只手。

"也不符合我的喜好，先生，"他回答说，"不过我得说你们两位并非我想象中的那种侦探。你们第一次来的时候，我就发现你们有些不同，而且……"

"你才应该成为'推演势力'中的一员吧！"克里克补充道。

"也不是这么坏的叫法！"鲍金斯咧嘴笑道，"不过可以说我知道你们的身份不像你们所说的那样，而且如果不是因为这些不愉快的话，这个小变化对你们来说还是很不错的吧？很遗憾，我想这是我们最后一次见面了，先生们，还有跟着你们的那个年轻人。但不得不说，我很高兴这件事情结束了。"

克里克喷出一口烟。

"噢，还没结束呢！"他说，"等这个案子提交到伦敦，那才是案子最棘手的部分呢。我想我们会在伦敦再见面的，我和雷克先生到时得去作证——这最多就是个劳而无功的任务……嘿！多洛普斯，拿上高尔夫球棒和手杖了吗？真是个好孩子。现在我们又要回伦敦了……呃，雷克？再见，鲍金斯，祝你好运。"

"再见，先生们。"

克里克和纳克姆坐进多洛普斯叫来的出租车里，多洛普斯那家伙则钻进司机身边的座位，对司机吩咐道："我们要赶八点钟去伦敦的火车，请尽量开快些吧，司机！"那司机答应着，他们便出发离开了。

但是鲍金斯没有意识到八点去伦敦的火车是趟慢车，也没有想过这趟车对克里克他们来说最为方便，因为他完全没想到这趟车的下一站就是离这儿三英里的费奇沃斯。而且就算他想到了，甚至就算看见那两个长相粗暴的船员从一等车厢踏上那小小的月台，他也不会把这两个人同海德兰德先生和多洛普斯联系起来，海德兰德先生他们刚刚离开塔楼庄园回了伦敦。

这也刚好，因为克里克和多洛普斯最担心的就是鲍金斯，他们和鲍金斯能否建立友谊决定着他们是否能在船厂得到工作。他们让纳克姆先生先回伦敦调查银行劫案的线索，并向他保证，如果在船厂查到点什么会尽快通知他。纳克姆先生对此表示疑问，他告诉克里克，在这些该死的证据下，他真的不相信莫里顿还能得救，也不相信一个电器厂能有什么帮助！

"你忘了'忠诚的'鲍金斯与这件事的联系了，"克里克有些尖锐地回答道，"而且你还忘了另一件事——我已经找到那个想杀我的人了，我想最后把他抓起来。这就是我今天下午讯问时没开口的唯一原因。我在等待时机，不过我一定会抓到那家伙的。如果去一个电器厂对案子有帮助，那我就会去，多洛普斯也会跟我一起……"

"如果需要找我，记得我叫比尔·琼斯，是个船员，曾经在牙买加工作，现在索尔特弗利特的工厂工作。记住编码，这样我就能收到电报了。"克里克单脚跨上月台，脸上的"冷酷"妆容化得有些仓促，因为两站之间的距离很短，不过刚刚好。纳克姆先生紧紧握了握克里克的手，克里克又把头伸进车厢。

"老朋友，如果你见到艾尔莎的话，请向她转达我的爱，告诉她我一切都好！"克里克轻声耳语道。

纳克姆先生点点头，挥了挥手，那两个"苦力"便转身离开，把票交给检票员——他们特地买了三等车厢和一等车厢的票。询问完索尔特弗利特湾离这儿有多远，他们得知"走大路两英里半，走田间则两英里"，于是大步走过那个小门，朝大路走去。然而，他们并没有完全意识到调查的过程将会变得多危险。

他们到达海湾边界时，半英里外的教堂钟楼敲了九下，声音低沉而洪亮。

他们右边的猪哨酒馆灯光闪耀，人声喧嚣，充满着热闹的笑声和粗俗的笑话。克里克叹口气向酒馆走去。

"要开始了，孩子，"他轻声说道，然后换上一副笑脸，吹着口哨穿过鹅卵石地，向那灯火通明的小酒馆走去。有人听见了克里克的声音，走到门口向外望去，想透过黑暗看看是谁这么高兴。

克里克唱着歌打了个招呼。

"晚上好，老兄！是比尔·琼斯和他的朋友。噢，你走你的阳关道，我过我的独木桥，我会在你之前到达苏格兰……这里，萨米，我的孩子，快过来暖暖身，我都可以饮下一片海那么多的酒，绝对可以！"

克里克听见门口那个人笑了，并示意他们过去。于是他们走进猪哨酒馆，红头发的酒馆女热情地跟他们打招呼，其他人也都跟他们打着招呼，看来大家已经接纳了这两个将要成为他们工友的人。

"那位先生来了吗？"克里克手指着昨晚鲍金斯坐的地方问道，"你知道的，我们约了今晚见面，而且……那家伙在这儿！晚上好，先生。很高兴再次见到你，不过你看起来有点苍白，如果你不介意我这样说的话。"

"如果你像我一样经受了一下午的折磨，你也会这样的，"鲍金斯厉声回答道，"这真是个该死的工作，要告诉人家你看见了什么听到了什么。确实该死！"

"要告诉人家你没看见什么没听见什么更难，差不多的，老兄，"克里克接道，"我自己也经历过，我那时大概才八岁，他们把我拉起来非说我去了白教堂。我们今晚能见到老板吧，先生？"

鲍金斯喝下一大杯啤酒，擦了擦嘴。

"我已经见过他了，"他的回答带着淡淡的冷酷，"也跟他说了你们两个。他让你们明天去找领班，就说是我让你们去的。告诉领班你们已经得到老板的允许，这样就可以了。一星期两英镑，如果你们又细心嘴又严的话，酬劳还有可能加。"

"这可是我的强项，长官！"多洛普斯尖声插嘴道，把酒杯砰的一声放在吧台上，"我们的嘴会像房子一样严实的，长官。而你就像那房主。"

"嗯，那你可得记好了！"鲍金斯尖锐地回道，"不然你们俩可没好果子吃。那么这件事就解决了，对吧？你们叫什么名字？再跟我说一遍，我忘了。"

"比尔·琼斯，他叫萨米·罗宾逊，"克里克快速回答，"真是太感激您了，先生。有谁知道哪里能让我们今晚落个脚吗？明天我们就有时间找住的地方了。"

这时酒馆女说话了，她极其肥胖的身子倚在吧台上，碰了碰克里克的肩膀。

"我们这儿有客房，亲爱的，"她用诱哄的口气说道，"如果没问题，你们可以来我们这儿。我们有舒服的床，正餐有可口的食物。你们还可以跟我们一起用早餐。最好今晚就住过来。"

"谢谢，我会的。"克里克咕哝着回答，捅了捅多洛普斯的肋骨，表示他对这个安排感到非常高兴。

夜晚就这样过去了，两人接受了住宿的提议，这种条件是他们这个行业的人所习惯的了，价格也适中。第二天早上他们就开始新的工作了。

工头是个魁梧结实的男人，他已经收到那个"酒馆里的先生"的消息，马上就安排两人去工作。任务很简单，他们只需给机器输送大量原材料，其他人和机器就会做剩下的工作。不过更让他们高兴的是，两人被安排在一起工作，这就让克里克有机会时不时跟多洛普斯说几句话，告诉他注意一些事情。

这个工厂有点小，工人也不算太多，从第一个早上工作开始到现在，克里克发现工厂只生产电气装置。

"他们要把这些产品运到哪里呢，老弟？"克里克问他另一边的工友，一个二十三四岁的愉快小伙子。

"运到比利时。那边的一个大公司向老板买货。"

"噢？所以他们是跟比利时做生意吗？有点意思。嗯，那他们是怎么把货运出去的呢？"

"用船运啊，笨蛋！"这个人的声音里充满了对不用脑子的笨蛋的鄙视。在机器的隆隆声中，克里克稍微提高了声音。

"嗯，任何人都知道这点！"他笑着说，"我的意思是，是用哪种船？应该是大船吧，要运这样的东西。"

那人打量了他一会儿，低下了头，声音降低了许多。

"渔船，"他轻声说道，然后就算克里克对此发出讽刺的笑声他也什么都不说了。

渔船？……嗯，真奇怪，用渔船运送电气设备去比利时！这么做生意真是有趣，虽然这也完全可行。好吧，他必须在今天结束之前跟这个好小伙儿再问点什么出来。

晚饭后，在猪哨酒吧喝杯啤酒，那人的话匣子就打开了。他并不是非常讨人喜欢，所以也不常能喝到免费的啤酒。第二杯酒下肚，他似乎都准备要把心掏出来给这友好的新人看了，不过克里克很聪明，他在等待时机，并不想在其他工友的眼皮底下向那小伙子套取信息，所以他仅仅谈论了上午发生的一些事，讨论了劳工问题——从一个新的视点。然后，哨声响起来，宣布晚餐时间结束，他们便一起往工厂走去。这时，克里克发出第一枚炮弹。

"你看，老弟，"克里克悄悄地说，"你是个大方的家伙，是吧！告诉我多一点你今天说到的渔船的事吧，我很感兴趣，我都快要被好奇心折磨死了。你的意思不会是这地方的老板竟然直接用渔船把电气装置这类东西运到比利时吧？"

"是的，"詹金斯点点头，"我就是这个意思。似乎很好笑，不是吗？而且我估计这其中应该有些猫腻，不过我不会说出去的。那工头可是个魔鬼。你可不要像那两个家伙一样，他们自以为有些小聪明，跟工头说他们会告诉所有人他们知道的事——不过鬼才知道到底是什么事！我没能再多了解些什么了，也没想这样做，不过他们俩——嘴被拉上了！就像这样！再没人见过他们，也没有任何消息传出来……你最好把嘴闭上，无论怎样，在这里你都要闭上。"

"噢，"克里克摆摆手，"我不是会瞎说的人，你不用担心。另外，那个满脸黑胡子眼神凶恶的家伙是谁？前天晚上我看见他和鲍金斯待在一起。"

"那不是鲍金斯，老伙计，"詹金斯笑着回答，"那不是他的名字，你是怎么想出来的？那人的名字是皮戈特。另一个人，我们叫他卑鄙吉姆，因为他为老板做所有的卑鄙勾当，不过他的真名是道博斯。如果你把我的话当回事的话，朋友，不要去惹怒他，他是个十足的魔鬼！"

嗯！"卑鄙吉姆"，或者吉姆·道博斯，受聘于这家反常的公司，目的是做一些"卑鄙勾当"。好啊，如果是这样的话，那他可是有很多活干呢。而在这里，鲍金斯不是鲍金斯。

克里克带着些思索回到工厂工作，有点心不在焉，多洛普斯看见他眉头紧皱，便靠过来紧张地低声道："没出什么事吧，先生？"

克里克快速摇摇头。

"不，孩子，没出什么事。我只是在思考，而且觉得有些不对劲儿。"

"这两个小时以来，我都觉得不对劲儿。"多洛普斯发出嘶嘶的耳语声，他的眼中闪烁着战斗的光芒。"我有些事要告诉你，"他在噪声的掩护下悄声说道，"你应该会感兴趣的，要等到晚上再说吗，比尔？"

"你说得对，伙计。"这时工头经过这里，停下来看他们工作，克里克便提高了声音，"必须说，这是份好工作，我打心底里这么觉得。很快就上手了，是吧？"

"是呀！"多洛普斯夸张地回答。

工头耸了耸肩，继续往前走。

第二十三章　囚犯们

直到晚上，克里克才找到机会单独跟多洛普斯说话。当时猪哨酒馆里挤满了人，几乎所有工人都在里面，或站在酒馆外的小码头附近，闲聊一天发生的事。多洛普斯正要走进酒馆去时克里克抓住了他。

"我们转过这条路走走吧，伙计，"克里克大声地说，"这么美好的夜晚真让人想家，想跟家人团圆。我们待会再来喝酒，走吧。"

多洛普斯便挽着克里克的手臂，两人边抽烟边说话，沿着这条从码头延伸出去的漆黑小道往前走，在这个时间点，路上黑得伸手不见五指。克里克拿着手电筒引路，他们边走边快速地低声说话。

"现在，来听听你要说什么吧！"克里克最后说道，他们离拥挤的小酒馆越来越远，不用再担心被人听到。

多洛普斯吞下压抑已久的激动。

"天哪！先生，这里有些不对劲儿，我有很多发现！"他满腔热情地说，"我跟那黑胡子成了好朋友，还答应他今晚十二点去给开往比利时的渔船装货。'你似乎是个不错的家伙，'我们聊了十多分钟以后他这样跟我说，'想管住你的舌头多赚点钱吗？'我赶紧回答他。'当然了！'我说。'好吧，'他说，'今晚十二点到码头来，有些货需要装船，我们只要很少人。我不会选那些我不喜欢的人去。''那么你会喜欢我的，伙计，'我笑着说，这好像逗乐了他，'我几乎就像个恶魔，任何你不想让我看见的事，只要对我眨眨眼就行了。''我会的。'他说，然后就走开了。所以我现在在这儿，先生，今晚跟黑胡子待在一起，会是个忙碌的夜晚。如果今晚不能得到些什么消息的话，我就不叫多洛普斯！"

"好孩子！"克里克用力握了握多洛普斯的手臂，"你做得对！这是你要告诉我的全部事情吗？我也有点进展，我和詹金斯——那个又高又瘦、在我左边工作的家伙，交上了朋友，他已经跟我说了渔船生意的秘密。不过这家伙嘴很紧，要么就是什么都不知道，要么就是不愿意说，我不是很肯定，不过他浪费了很多口水来劝我把嘴闭紧点。天哪！我真想跟你那黑胡子朋友单独待一会儿！我的皮箱里有个裂开的枕套，他应该会感兴趣的。还有什么其他收获吗，多洛普斯？"

"还有他们运的货是用于安装的电管电线，先生，"多洛普斯回答道，"我干活时看到的大部分是这些，都已经堆好准备装船了。是些长长细细的东西，根据那些货物看，做起来应该很简单。不过他们为什么要把整件事搞得这么神秘，我真是想不通！"

"我也觉得奇怪，多洛普斯，"克里克微微叹了口气，插话道，"不过俗话说，无风不起浪，而且一般人如果行得正坐得直，根本不会对别人知道他们是做什么生意的这么小题大做。至于这些事情和'冰封火焰'有什么关系，我得承认我还没搞清楚。不过鲍金斯这个可疑人物，还有他那试图谋杀我这个微不足道的人的朋友，都证明了它们的确是有联系的。现在我要把这个链条的缺失环节找出来……嘿！树篱里有缝隙，看起来像是故意弄出来的，我们去看看。"

克里克举着小手电筒往四周查看，光圈在地上闪烁，让他们看到了极为令人意外的东西，不过，这些东西对于这个充满神秘的地方来说倒也契合。他们自己伪装成的粗暴模样，配合着这奇怪的画面。虽然克里克见过许多奇怪的案子，但这里的情景还是让他大吃一惊，实在是太不寻常了。

树篱里果然有个缝隙，通过那个缝隙——肯定有人刚刚还在这儿工作过——是一块仔细切割出来的方形草地，草地的一边，一个木制的活板门出现在眼前，让他们震惊不已，门的中间装着一个巨大的铁环，这简直就像孩子们想象中的海盗巢穴。

克里克小声吹了声口哨，微笑着转向多洛普斯，眼中闪着快乐的光芒，嘴唇也显示着他的愉悦。

"天哪！"克里克轻声惊呼，"来试试这个游戏吧，多洛普斯。我要对它开一枪。"

"但是为了防止意外……你没有带枪啊，先生，"死心眼的多洛普斯回答道，"而有点理智的人都不会在没有枪的情况下往下走。"

"嗯，在这之前我就被叫作疯子，而且现在我就要下去了。

如果你不想跟我来的话就在这儿望风吧，要是有人来了就用老法子提醒我。我要下去看看这会通向什么地方，而且我敢打赌它通向的地方一定能解开一个谜题。设计这一切的人真是聪明，不过我想知道的是他为什么要做这些麻烦事。去吗，多洛普斯？"

多洛普斯用责备的眼神看看克里克，轻嗤一声。

"当然去了，长官，"他回答道，"你觉得我会卑鄙愚蠢到让你一个人去那种可能危及生命的地方吗？我可不会这样做，先生。只要我还跟着你，你去哪儿我就去哪儿，就算你选择去地狱，那么，我也准备好被魔鬼放在平底锅里煎烤了。"

没有听完多洛普斯那滔滔不绝的豪言壮语，克里克便跪在地上，双手用尽力气去拉铁环，但让他惊讶的是，门很容易就被拉起来了，都没发出什么声音。要不是克里克平衡力不那么好的话，他早就向后倒下去了，但他又自己挺了回来。他和多洛普斯小心地靠近边缘，通过淡淡的月光（他们没用克里克的手电筒），他们看见一条粗糙的黏土阶梯往黑暗的下方延伸。他们后退了点儿，听了听，没有声音。

"去吗？"克里克小声严肃地问。

"去，先生。"多洛普斯立刻就来到他身边。克里克谨慎地跨出第一步，非常缓慢地下到黑暗中去，多洛普斯紧跟在他后面。他们不断往下走，到底部时发现有个不平整的通道，刚好一个人的高度，直接伸向前方的黑暗。

"天哪！这是让我们爬过去吗？"他们站在黑暗中，多洛普斯喃喃道，"接下来怎么做呢，先生？"

"如果有时间的话，找出这条通道通向哪里，"克里克快速地低声说道，"我们得弄清楚这些人类鼹鼠在地里挖出这样的洞穴来干什么，我愿意花些代价。听到什么了吗？"

　　"一点声音也没有啊，先生。"

　　"好的，我们要试试手电筒，如果有任何人出现就要用到手电筒了。就是现在。"克里克按了一下电筒按钮，一团光便照亮了粗糙的泥地板，就好像这里的所有东西——从地上到天花板，都在克里克敏捷的指间摇动。

　　"做得真好，"克里克带着赞叹喃喃道，"这让我想起了'扭曲手臂'案的那些日子，多洛普斯，还有那些通往下水道的管道，还记得吗？"

　　"我记得很清楚，长官！那可是好一段时间呢！永远都不知道什么时候才能再见到阳光。"

　　"这次冒险就好像在模仿那段时间！"克里克无声地笑道，"我们再往前走点，找找方向吧。嘿！这儿有个没门的小橱柜似的东西，还有……看看那些放在橱柜边的麻袋，多洛普斯。现在我想知道那里面都装了些什么。聊聊地下墓穴吧！它们与这个案子可没关系。"

　　多洛普斯轻手轻脚爬过去，那边的大袋子分两行三列叠在一起，他把手放在其中一个袋子上，试着去感受里面的东西，其表面非常坚硬，也有可能是被填充了硬的东西。

　　"硬得就像硬饼一样，先生，"多洛普斯突然说，"里面究竟是什么呢？……"

他的声音突然停止，纹丝不动地站着，他苗条年轻的身体里，每根神经都绷紧起来，每块肌肉都变得僵硬，因为沿着通道——就在他们不远的前方，看来像是终点的地方——传来脚步踏在软泥地上的砰砰声。克里克马上关了手电筒，抓住多洛普斯的手臂钻进狭窄的通道。他们面对着墙壁，紧张而僵硬地站着，听着脚步声越来越近。他们在黑暗中等待着，就像红帽子①在杜莎夫人断头台上等待那一击。

……脚步声显得很悠闲，克里克和多洛普斯能隐隐约约听到两个声音，一个说话简洁，用词简短，低沉的声音显示出一种冷酷的权威；而另一个人——多洛普斯把肩膀挤过去，在那两人来到他们前面之前低声说"黑胡子"。这么悠闲地在黑暗中走真是奇怪！要么就是他们对路很熟悉不需要灯光，要么就是他们不敢用手电筒。

"道博斯，你能保证完成吗？保证今晚能顺利完成？"这郑重其事的语调听起来是"黑胡子"的伙伴。

"是的，保证可以完成。我们一点整开船，十二点装船。不用担心，先生。"

"还有那两个新来的，你确定他们会把嘴闭上吗，道博斯？要不是人手不够，我们是不会冒险用他们的……你能确定吧？"

他们能听见"卑鄙吉姆"那难听的笑声，似乎满含着凶恶的意味。

---

① 法国革命时期革命派的标志。

"他们很可靠的，老板，我保证！"黑胡子回答说，"那么丑，又唯利是图的样子，你肯定从来都没见过。我敢说他们肯定见过更肮脏的事。而皮戈特那边也一切顺利，干得好，皮戈特。"

他们走到克里克两人对面，停了一会儿，好像要检查旁边袋子里的东西，这些袋子包裹在黑暗中。克里克和年轻的多洛普斯紧张极了，他们紧贴着墙壁，连大气都不敢出，每块肌肉都因紧张而发疼。然后黑胡子和他的同伴又开始往前走，继续用低沉的声音随意说着话，直到他们到了通道的尽头，阶梯陡然上升。一束光突然出现。

"踩这里，小心点。这里可不好走，"黑胡子谨慎的声音传来，"我先上去，然后你可以跟着我的步子走。怎么回事？门怎么是开着的？我要赶紧去跟詹金斯那家伙说说，让他无视我的命令！任何人都可能来到这里随意下来！……这头不可靠的蠢猪！"

随着拿手电的人往楼梯上爬，光亮变得越来越小，最后完全消失。这时，多洛普斯抓住克里克的手臂，呼吸有点急促。

"门，先生……"多洛普斯喘着气说，"如果他们把门关上，我们……"就在他说话时，传来螺栓滑动的声音，那砰的一声已经表明多洛普斯说的已成事实。

"听见了吗，先生？"他几乎都要呻吟起来。

活板门已经被关上了。

第二十四章　身处黑暗

比他们更有能耐的人在这种情况下可能都会感到害怕。已经晚上十点了，他们被关在一个不知道引向哪里的地下通道，毫不夸张地说，他们很难逃出去。他们也许整晚都要待在这儿，但可能第二天早上就会出去——在被人发现的情况下，这进退两难的境地让他们心绪复杂。

如果救他们出去的人是黑胡子，那他救人的角色可能立马就会转换为杀人了——事实上非常可能会是这样。这场碰运气的游戏中有个严峻的因素，就是他们很快就会被发现不见了。

好吧，既然他们已经在这儿了，那么就要试试能不能靠自己逃出去。也许活板门并没有拴得很紧，这的确是有可能的。

"我们先试试活板门吧，孩子，"克里克说，"如果打不开的话我们再想想别的办法，不过不管怎样，你一定要在午夜赶到码头。你可能会在那儿得知所有秘密，如果错过了这个机会，那该是世界上最不幸的事了，你绝不能错过。来吧。"

"我也这么觉得，"多洛普斯说，声音带着些许凄凉，"我能想象我们会像被束缚在家庭墓穴里的鬼魂，真是同情这些生物，我以前从未感觉到它们的存在。这里就像个壮丽的穴墓！"

"是坟墓，你这个词汇错误大王！"克里克回答道，即便在这焦虑的时刻他也无法抑制地笑起来。

"好吧，坟墓或是穴墓，对我来说都一样，先生。我想知道的是，我们怎么才能从这迷人的乡村别墅中出去。你说试试活板门，就该这么做！"

多洛普斯像子弹一般冲上粗糙的阶梯，忘记了就算门被关上了，也可能还有人在这隐蔽的地方溜达。克里克随后也跟了上去，他稳稳地踩在阶梯上以防发出声响，肩膀用力顶向沉重的活板门，用尽全力推挤，多洛普斯也不遗余力地在一旁帮忙。

但门纹丝不动，黑胡子把门彻底闩上了，或许是为了给詹金斯上一课。另外，詹金斯是克里克在工厂的新朋友的名字，嗯，这有些耐人寻味。那么詹金斯知道的就比他声称的要多了，也许黑胡子早就知道了他们午休时的对话。无论如何，他都要关掉这条信息源——如果他们能活着从这儿出去的话。

这些念头穿过克里克的头脑时，他的肩膀正用力推着那毫无反应的门，结果完全是徒劳。最后，由于过度用力，克里克气喘吁吁地从楼梯上下来。他听了一会儿，什么声音也没有，便示意多洛普斯跟着自己。

"他们肯定是进到里面的什么地方去了，希望不用再穿过那扇活板门，"克里克淡然地说道，"不管怎样，我们都去看看吧，除非他们把另一端的门也那么小心地锁上了。这是个冒险的机会，多洛普斯，我的孩子，我们要抓住它。如果没听到声音的话我就开着手电筒，接下来我们就只能相信运气了，只有上帝知道最后会怎样。如果我们像这样走的话，很快都能到伦敦了！"

"是的，然后发现我们到了纳克姆先生的办公室，那张大桌子下的洞穴里！"多洛普斯接着说道，咯咯笑起来，"他也不会感到惊讶，是吧，先生？……哎呀！不过，那些打通这条壮丽通道的人真是干得不错，不是吗？都没有尽头……哟！我已经要喘不过气来啦。"

"那么，天知道你走完这个通道以后会变成什么样啦，我的孩子！"克里克抬头回答道，他挨着墙壁，按了按，眼睛盯着前方的黑暗。"看来还要再走一段时间。嘿！这里能拐弯，不过问题是，我们应该直走还是转弯呢？"

"从那两个家伙声音的远近来看，他们好像是转弯过来的，先生。"多洛普斯凭直觉说道。

克里克点点头。

"你是对的……又有袋子。如果不是急着从这地方出去，好让你不要错过和我们的黑胡子朋友约定的时间，我一定会碰碰运气，看看袋子里到底有什么。不过现在我们没有时间了，不知道这场奇特的旅行要持续多久。"

他们稳稳地走在粗糙简陋的地面上，不停地走啊走啊走，小手电筒总是照亮前方几英尺的地方，以防有任何为大意的来访者准备的陷阱。他们似乎已经走了好几个小时了，越走他们对这个非凡精细的隧道系统越感到惊奇，里面时不时地会出现分岔路，主干的分支通向其他地方，也是一片漆黑。还有个非常棘手的情况——随时随地都可能会有人从下个转角走来撞上他们，那么，这个游戏就要以他们俩被报复而告终了。根据多洛普斯的建议，他们每次在分岔路口都选择往右走。

"一直往右走，先生，这样总不会出大错——这是在伦敦学到的，也是我常常遵循的。要是迷路可就糟啦，所以最好设定一个规则，然后执行下去。"

"好吧，不管怎样，这么做总没坏处，"克里克有些闷闷不乐地回答道，"反正我们也不知道出去的路，不妨就这样试试吧。这里像是晚上不营业，对吧？这肯定是个通道，如果经过这么多蜿蜒曲折，而另一端的门是无法通过的，我真的会，真的会……我不知道。"

"但是我们这样等着也无济于事呀，先生。只有继续往前走——这就是我们唯一能做的，"多洛普斯努力安慰着克里克，"我们前面有些东西，看起来像是这个牢笼的终点，不是吗？在把它看得太难之前，我们最好去看看，先生。"

"你说得对，多洛普斯。"

克里克小心地往黑暗中走去，一边走一边照亮前面的路，那只小手电筒的光线总在他前方的五英尺左右。从某种意义上来说，这的确是终点，因为有一条相似的黏土台阶向上方延伸，就像入口那个地方一样，而阶梯的上方——克里克长长地舒了口气——显示出一方靛蓝色和几颗星星——终于逃出来了。

"感谢上帝！"克里克一边走上粗糙的阶梯来到外面，一边喃喃道，头顶的自由天空和拂过的微风，很快驱散了他们在地底旅行的阴影，"天哪！能再次呼吸新鲜空气真是太好了……呃，多洛普斯？我们这是在哪儿？我说——你看看四周。"

多洛普斯看了看，接着，讶异、惊愕、畏怯让他的胸口不断起伏。

"火焰，长官——是那些闪亮的'冰封火焰'！"

克里克笑起来。

"是的，就是那些火焰，多洛普斯。比我们上次看到的还要近！从这些亮光来看，我们肯定是在沼泽地中间，所以，我们总共在地下走了一公里多，并不算很糟，我们看看时间。"他把手表拿出来，借着月光看了看，"嗯，十点半。你得赶快了，孩子，如果要在十二点到达码头的话。我们有四英里的路要走，而且——那是什么？"

"那"是有人快速走向他们的脚步声。他们只有一秒钟的时间反应，要从这满是洞坑的沼泽地上逃走是不可能的。不，最好的办法就是待在这儿不动，赌一把运气。

"说话，孩子——说话。"克里克悄声说道，然后仓促地用伦敦腔开始高声说话，多洛普斯也勇敢地回答了，这是他在这种情形下能说出的最好的语调。

接着一个呵斥的声音从不远处向他们传来，是一个看不见脸的陌生人，他们本能地僵住了。

"你们在这儿干什么？"那声音问道，"难道你们不知道天黑以后到这里来很危险吗？如果不知道——那么，一口袋铅可能会让你们相信！"

从他们前方的黑暗中，一个人随着那声音出现了。克里克能依稀辨认出是一个高个窄肩的男人，穿着工作服，戴着顶帽子，帽檐几乎遮住眼睛，他的右手拿着一支小巧的手枪。

克里克想了一会儿，然后大胆地说起话来。

"我们是从通道上来的，先生，"他简短回答道，"今晚要装船，在我和我的同伴做完工作之前，一些笨蛋把那一端的门锁上了。所以就只能走到这边来，不然就要在里面待上一整晚了，而且我们要在午夜到码头装货。如果发现我们不见了，老板会气得发疯的。"

这是在赌运气，不过运气常常偏向于勇敢的一方。果然如此，那个人把枪放下，将他们从头到脚快速扫了一遍，然后转过身去。

"嗯，最好在没有危险之前赶快离开，"他严厉地回答，"还有另外两个人在巡查陌生人。走那条捷径吧。"他指着左边，"绕到大路上去，走四分之一英里就到了。你们那头的家伙应该保证没有你们的人跑到这边来，这不安全。晚安。"

"晚安，"克里克爽快地回答，"谢谢你，先生。"然后，抓着多洛普斯的胳膊，转向那人所指的方向，有多快走多快。

他们默默地走了一段时间，脚踏在沼泽地上没发出一点声音，等他们完全走出了听力所及范围，克里克开始低声说话。

"侥幸脱险啊，多洛普斯！"

"就是啊，先生。我都可以感觉到子弹擦过脸颊的感觉了。今晚的冒险还真是刺激啊，对吧？"

"的确刺激。"克里克的声音有些心不在焉，因为他在思考，先前他已把所有的线索结成一条粗糙的绳索，有这样或那样的断裂需要填补，而现在他开始衔接那些绳索断开的地方。实在是够奇怪的，这些地下通道竟通向这里，"如果一直往右"，就能从索尔特弗利特那边到达沼泽地的中心。这片无人居住的沼泽地上到底发生了什么呢？白天是什么都看不到的，他已经查探过沼泽的每块地方，历尽辛苦却什么也没发现，所以不会是机器这类东西。嗯，这可有些难猜。不过有件事是可以确定的——无论如何，冰封火焰发挥着某些作用。索尔特弗利特的工厂、渔船和沼泽地，令人费解地锁在一条链上，要是有人能找到开锁的钥匙就好了。另外，那个拿着枪的男人晚上在那儿干什么？他要做什么事？而且他还说了，有另外两个人也在巡查。

克里克拿出一支有些发黑的陶土烟管——这是他比尔·琼斯伪装的一部分——塞了些烟叶，抽起烟来。多洛普斯斜眼看了看他的老板，明白这个标志性动作意味着什么，于是一句话也不说，直到他们远远离开了沼泽地，朝码头走去，赶着与黑胡子十二点的"约定"。接着——

"你有注意到什么吗，多洛普斯？"克里克转过身来，探究地看着他。

"你在说什么，先生？"

"就是在你走到那些小阶梯的顶部，进入到沼泽地的时候。"

"就只有冰封火焰啊，先生。怎么了？"

"噢，没什么，火焰还会继续在那儿。只是看到了一点东西，让我往前进的方向走了一大步。你以后会知道的。时间快到了，多洛普斯，再过十分钟你就要去见你的黑胡子朋友了，从造船厂走过去大概就要这么久。你看有没有可能让我也过去搭把手？"

多洛普斯想了一会儿。

"可以试试，先生——反正也没有坏处，"他停了一会儿说，"特别是你又是我的同伴，应该可以的，我想……看，是谁来了？那不是黑胡子吗？"

果然是黑胡子，他懒洋洋地走向他们，手插在口袋里，帽子拉低得几乎遮住眼睛，这个凶恶丑陋的人有些面色不善。

"嘿，年轻人！"黑胡子厉声叫道，"在观赏乡村，啊？在这里，你和你朋友最好眼睛不要乱看。不要管其他人的闲事，这可没报酬。"他的声音突然低下来，猛地一指身后，"我猜，你朋友懂规矩的吧？现在要一起来吗？"

"我可以拿性命打赌！"多洛普斯热诚地回答道，向大胡子用力眨了下眼，"我没有告诉比尔你跟我说的任何事，但我知道他是个聪明的家伙。他很精明的，长官，我敢发誓。现在怎么样呢？我们要带上他吗？就像你说的，长官，既然你是老板，而这个强壮的家伙是我朋友——他的嘴很紧的。"

黑胡子放慢脚步走在多洛普斯身侧，慢慢转过身，克里克站在多洛普斯右边，黑胡子探寻地盯着这位"朋友"。黑暗中，只有一丝月光让黑色的水上倒映出图案，刻出桅杆、烟囱以及靛蓝天空下船的轮廓，克里克认出了这张脸，嘴冷冷地闭着。他曾见过这张脸，那晚这个人偷偷溜进自己的房间想刺死自己。

"你要去哪儿呢，伙计？带着你的这些秘密去哪儿呢？我想知道！"克里克开着玩笑说，捅了捅多洛普斯的肋骨，然后大笑道，"是去找姑娘吧，我猜。"

"我可以告诉你，是比女人更有价值的东西！"黑胡子没好气地说，"他要去帮我干点活——会得到加班费。如果你愿意来帮忙的话，也可以拿加班费，但是你要把嘴闭上。去还是不去，你自己选。"

克里克笑起来。

"我是笨蛋，老兄——但不是个十足的笨蛋！"他高兴地说，"比尔·琼斯知道该往面包哪边涂黄油！他可不会因为管不住自己的舌头，而让这么难得的轻松工作从指尖溜走。我去，老兄。"

"好的。"

"是什么工作？"

"把货物装船。"

"噢！……是违禁品吗，老兄？"

"这不关你的事，伙计。记住这点，你就能保住你的工作，就这样。"

"很抱歉。只是我自己以前干过这样的事——在牙买加的时候，常常通过海关走私东西。这也是极好的生意，我两次差点被抓，不过最后都逃脱了。装船就是我们的老本行，接下来呢？"

"就只是装船，"黑胡子意味深长地回答，"我们到了，接下来开始干活吧。看到那边的电管了吗？还有那艘码头边的渔船？要把电管放到渔船上去。今晚有六艘船要装货，我们得快点了。

这并没有看起来那么简单，伙计，不过——这也不管你们的事，去干活吧！"

他们立刻开始工作，向那堆电气管道走去，那些管道靠船坞那侧放着，足足有两个人的脑袋那么高。他们的上方，一个灯笼挂在船坞边沿的钉子上，苍白地摇摆着，另一个灯笼挂在对面的门柱上。借着这两个灯笼的光亮，他们看见一群人聚集在造船厂的中心，正低声说着话，而他们底下，一排渔船在水的边缘摆动，等待着那神秘的货物。人群有些骚动不安，船帆哗哗作响，好像正等着开始任务。

接着，低沉响亮的声音一声令下，他们便开始工作。

"很轻松的工作嘛，伙计，"多洛普斯悄声说，然后和克里克走到了那堆电管前，准备扛一根下来，"我……天哪！这也太重了吧！我的神呐！这里面到底有什么鬼东西？"

克里克竖起警告的手指，然后扛起了电管。电管的确很重，对于纯金属来说，这重量简直令人难以置信。而且这些电管装的还是电线……或者，真的是电线吗？从来没见过这么重的电线。

克里克把一根电管扛到码头边缘，在多洛普斯的帮助下递给接手的人，然后走回去搬另一根。他们不断地来回走着，重复着抬、扛、递，直到一艘船装满，另一艘船驶进人们的视线停在它的位置上。克里克看着第一艘船慢慢穿过黑色的水面，同时假装用颈巾擦额头。船的装载量居然低过水位线！它在水中沉得很低，看来就像是水面上的一点污迹，船帆则在细细的桅杆上拍打着。

电气管道，是吗？该死的！真是个好故事……

两艘船被装满了，三艘，四艘……第五艘船紧接着上一艘船驶来，撞在码头上，固定船的锁链哗啦啦地响。这艘船同样装到满得不能再满，然后慢慢驶出他们的视线。第六艘船接替而来。

挥汗如雨的人们停下来一会儿，站着抹脸或者靠在船坞上，低声交谈着。

克里克和多洛普斯站在码头边，听海水拍打在铁制大梁上，最后看一眼这队渔船。突然，其他人从黑暗中出来了。黑胡子低声下令，那些人就像训练有素的军队一样再次准备工作。这次船开过来时，他们聚集到码头边上，空手等着。克里克转向离自己最近的人，低声说话。

"现在要干什么，伙计？我是新来的。"

"噢，卸载。这很平常的，是数量错误。不过就好像这个工厂永远都不能做出数量合适的电管，我晚上来这儿工作已经两年了，每次都是这样。每批货运出去，总有一些超过数量的电管送回来。真是好笑，对吧？"

"是啊，"克里克简短地回答道，"太可笑了。"这的确可笑，除非……他吸了口气，嘴唇作出吹口哨的样子，不过一点声音也没有。

接着，卸载的工作开始了。

第二十五章　地下通道网

这几天，克里克和多洛普斯都没再有加班费可赚，所以他们就能随心所欲地利用晚上的时间了，不过他们大部分时间还是待在猪哨酒馆，这是为了在场证明——在这之后的很长一段时间，从前一晚剩下的时间到第二天黎明，他们要进行大量调查。

克里克口袋里的一个小笔记本证明他们充分利用了这段时间，笔记本里画着这个乡村和码头的粗略图——虽然仍有一些空白需要填补——图的背面则是那个秘密通道的粗略轮廓，三天前的晚上他们无意中进到里面。

"我们要把那个洞从头到尾查探一遍，多洛普斯。"克里克说道。第四天晚上，当村里敲响了十点的钟声后，猪哨这个小酒馆里的人也渐渐全都离开，克里克和多洛普斯便一起向那个树篱的缝隙走去。"我想我已经弄清主要路线了，还有那些袋子的位置、黑胡子带他的老板参观这个地下领土时我们藏身的位置，我也有了粗略的概念。你搞清楚那个家伙的名字了吗？"

多洛普斯点点头。

"是的，先生。他叫布伦特，乔纳森·布伦特，是工厂的一个人告诉我的，说是从来都没见过老板，据那人所说，没人见过他。黑胡子和我们闷声不响的朋友鲍金斯是为他做事的主要人物。"

"嗯，好吧，不管怎么说也了解一点了。当然我们也可能会找出他到底是谁，不过机会很渺茫。这些人是不会泄露任何消息的，他们躲在暗处，如果发生什么事，就让他们雇来的手下承担后果。我了解这种人，以前也碰到过。嗯，我们到了。要进去了——不过这次我正好带了把手枪。"

克里克蹑手蹑脚穿过树篱，蹲伏在后面，跑到他们发现那个开着的活板门的地方，那难忘的场景发生在三天之前的晚上。但现在什么也没有了，他们借着月光所看到的，是一块完全平整的地面。

"聪明的魔鬼！"克里克气愤地说，"看来我们必须用人造光了，不过要把手电筒的光照在地上，要是让人发现我们可就糟了。"

可能过了一小会儿，他们一寸一寸地在地上搜查，用手和膝盖在深草中爬着，直到一些棕壤小植物从一块草皮上伸出来，就像地毯的边角上翘，才让他们找到了要找的东西。克里克极为小心地提起那块草皮，放到一旁，有着黑色平坦表面的活板门就显露出来。他的手指滑过门的两边，发现一个门闩，打开门闩，然后再次用手抓住铁环，向上拉，把门放回到草上。

下一分钟，他们再次进到那个宽大的、让人喘不过气来的洞穴。克里克把手电筒交给多洛普斯。

"你拿着这个，我画点草图。"克里克说，急忙从大衣口袋里
掏出钢笔，然后啪的一声打开笔记本，一边走一边快速画草图，
在绘图比例上克里克是个专家。随着他们继续往前走——这次是
不断往左而不是往右——图渐渐成形了。克里克用步测量着距
离，时不时停下来检查成果。

这地方就像坟墓一样安静。很显然，没有装货卸货的这些夜
晚，没有人到这里来。在这点上来说，至少他们的运气还不错，
他们会充分利用的。走过一些比主路线稍窄的小路，里面低得要
弯下脖子才能安全通过，他们一边走，一边测量检查。每隔几
米，他们就会遇到一个小壁橱，高高地堆着袋子，硬度跟他们一
进来时看到的袋子相似。克里克用手指戳了戳，犹豫了一下，接
着拿出一把小刀，把粗糙的袋子划开一块，手伸了进去……

他把手拿出来，脸上满是震惊。

"嘿，嘿!"他惊叫道，"那么就是这个了，就是这个! 天
哪! 这里就是个藏匿处! 那么那些电管——多洛普斯，我们还要
再进行一点这让人厌烦的搜索，还要打几个电话，我相信至少我
已经解开这个谜团的一部分了。等到那个关键点被解开，我肯定
能弄清剩下的部分……继续吧，孩子。"

他们继续往前走，小心地走着，时不时停下来听有没有别人
的脚步声，但这里可能是曾经待过的人的坟墓，这天晚上除了他
们再没有别人。他们充分利用了这点。

他们走了一段时间，选择最吸引他们的路。在这个迷宫里，
他们肯定走过重复的路。然而，他们突然进到一个粗糙的石头隧

道，水泥地铺了几米，止于一条制作精良的石头阶梯前，阶梯上面是一方光滑的橡树门，被虫蛀过，也细致地雕刻过，显然不是这个时代的制作和结构。

"那是什么？"克里克停下来说道。

多洛普斯转过头看了一会儿。

"在我看来，先生，"他说，"这是个古迹。像查尔斯国王、嗜血玛丽及其他一些你每天都能在杜莎夫人蜡像馆看到的名人，一旦事情不妙的时候，他们就会藏在这样的旧通道里。这就是那种通道。"

"你的历史知识不牢靠，不过想法不错，"克里克抬头看着他们上方的黑色橡树门，微笑着回答，"我想你是对的，多洛普斯。这里肯定让之后来到这里的人得以开始电管生意，或者他们早就开始了。要完成这个通道系统肯定需要好几年，真是了不起。但如果这真是一个旧时的秘密通道，那些阶梯应该会通向一座房子，而且……我们试试吧。如果通向的房子就是我想的那座……好了，今晚结束之前，我们就能解开这个谜团的剩余部分了！"

说着，克里克跳上那小小的石梯，手指在橡树门光滑的表面滑过，研究了一会儿，在门上又推又按，然后他的眉头皱了起来。

"如果这真是一个旧时的秘密藏身地，"他说，"那么根据'游戏规则'，这边应该有类似开关的东西来开门，这样藏在这里的人想出去的时候就能出去。但开关在哪儿呢？该死的！肯定是我的手指没那么灵敏了……啊，在这里！是用木片代替了开关，多洛普斯。只要轻轻一推——我们就到啦！"

他们的确到了，就在克里克说话的当口，门滑进了地板消失不见。他们抬头看见一个房间，里面被一盏煤油灯勉强照亮，不过，当克里克的头露出地板稍稍查看了这个地方，发现这不就是莫里顿塔楼庄园的后厨房嘛！

克里克又猛地把头低下，按了下他左边橡树门边缘的开关，让门再次滑回之前的位置。还没等到门咔嚓一声合好，他就转向多洛普斯。

"莫里顿塔楼庄园！"他终于喊道，"是莫里顿塔楼庄园！如果年轻的莫里顿也参与了这地下通道事件的话，该死的，这对他可就更不利了！一个做着这样不为人知的事情的人，可不会在意用什么手段达到目的。不过……莫里顿塔楼庄园——"

他突然停止说话，吸了口气，脸色变得严峻。多洛普斯打破了这突然的沉默，低沉的声音因激动而颤抖。

"是的，不过这是后厨房啊，先生，"他急切地说，好像为了能洗刷那个赢得了大家喜爱的男人的罪名，所有人都焦急不已，"奈杰尔爵士可不会在后厨房工作，在那底下的是鲍金斯，而且……"

"可能吧，可能吧，"克里克快速打断他，脸上还是严峻的表情，"但如果这整件奇怪的事成了证据，对那孩子一点好处都没有，这是肯定的……莫里顿塔楼庄园！"

克里克转过身，快速往回走，直到把那小小的石头通道远远甩在后面，前方几英尺的地方又有一个奇怪的转角，通向哪里，谁知道呢？

"我们要凭运气来选路，"他们停下来时克里克说道，还一边画着他的图，"跟着直觉走。不过我承认我是大吃一惊，我从未想过——甚至从未料到莫里顿塔楼庄园会跟这走私，或者管它是什么，联系起来！如果不是前不久我到处查看的时候下到那个厨房，我会有更多理由来怀疑自己的眼睛。那里的灯是开着的。幸运的是，我们把头伸出去的时候没人在那儿。不过所有用人都已经走了，鲍金斯一直开放着房子直到审判结束，所以开灯的人是鲍金斯，这点非常明显。另外，我们的脖子所受的伤害比我想象中要少多了。我们必须赶紧了，我跟你说，时间很短，而今晚我们还有许多地方要走。"

"好的，先生，"多洛普斯说道，不知道还能说些什么，因为克里克的脑中正萦绕着有关这个案子的思绪独白，"你对这里的通道有什么想法吗？"

"没什么特别的，只是比其他地方要窄一些。不过它可能会刚好把我们带到我们想去的地方。诗人唱着'遇见爱人，旅途便结束'，不过不是这种旅途——不，完全不是。我们会在这个谜团的最后找到绞刑吏的那根绳子，多洛普斯，又或者我完全错了；至于是谁将被绞死，我有种很不舒服的想法。"

在这之后，他们沉默前行了一段时间。通道的墙上到处是被突然切开的一块地方，全都用大袋子填满。每次经过这些地方，克里克就咯咯大笑，但接着——他的脸又冷酷起来。有些时候，他们在黑暗中摸索，头往下弯，以防碰到低矮的泥顶。虽然一句话也没说，但两人心里都有些担心。莫里顿塔楼庄园！可能是鲍金斯。但如果鲍金斯和莫里顿曾经同在一条船上呢？然后因为什么原因闹翻了？这是很有可能的，尤其鲍金斯对他主人是那样的态度……克里克的步子在走，思绪却已经飘远了，他的眉头打了个结，嘴抿成一条红色的细线，脸僵硬得就像花岗岩做的面具。

突然他停了下来，指着前方。有一条阶梯出现在眼前，不过这条阶梯更新，是最近做的，材料是普通的松木，没有涂漆，表面上满是脚步上上下下的泥印。

克里克深吸一口气，脸上放松下来。

"旅途的终点，多洛普斯，"他轻轻地说。

接着，他们干脆地爬上楼梯，用肩膀顶住那沉重的门。

第二十六章　正义和辩护正义

法庭的每个角落都挤满了人，再也留不出任何空位。奈杰尔·莫里顿爵士，这个退役军人正在接受审判，消息传得满天飞，案情对他很不利。整个伦敦似乎都怀揣着一种病态的好奇心，想要听到莫里顿被判处死刑。

皮特里站在门口，大多数时间都在挥动他戴着白手套的手，不停地摇头，直到感觉自己的脖子就快要折断，并滚到地上去，他才停下来。纳克姆先生已经教过他，任何"跟案件有关的人"都可以放进去，但其他人就坚决不能放。因此有着病态心理的女人和闲着无聊的男人便排起了长队，且队伍越来越长，吵嚷声也越来越大。站岗的警察渐渐变得不耐烦，对人群的管制态度也越来越坚决。

这样做的效果开始显现。门口慢慢变得不再拥挤，人们又回到了街上，有一半时间都在抬头张望着。而皮特里则站在那儿擦了擦脸，心想克里克先生那边怎么样了呢，又或者他已经做了伪装出现了，只是自己没认出他来。

"也可能他没来，"他对自己说，两根拇指插进警察腰带中，两脚分开站着,"不过让我有点怀疑的是,多洛普斯还没出现,一般克里克先生在哪儿,他就肯定也会在哪儿。我想这件案子就要结束了,我没法站在那位年轻先生那边的!"

他对自己的想法摇摇头,开始思考这个案子,说实话,他的心里充满了同情。

半个小时过去了,又半个小时过去了,皮特里已不再担心人群。有一两个人从法庭里退出来,脸上苍白嘴唇紧抿,好像听到了什么让他们恶心的事情,在审判结束之前就想离开。根据这些人的表现,皮特里觉得审判很快就要结束了。

他没看见克里克先生进去,也没见到多洛普斯!真是可笑。那天早上,他收到克里克先生的短信,说是会在一点整赶到法庭,而现在已经是两点半了。好吧,对于长官没有准时出现他很遗憾。毫无疑问,他很失望,毕竟那天早上所有打电话和搜寻资料的工作都是他独自完成的。克里克先生来得太晚就表示他否定了自己的努力。

皮特里来回地走着,眼睛在大街上扫视着。突然他停了下来,一辆红色轿车——他对这辆车很熟悉——开到人行道旁边,随着刺耳的刹车声停在了他面前,一扇门飞速打开,然后他听见了那个无可置疑的声音急速发出命令。克里克先生来了,多洛普斯紧跟在他身后,两人就好像为了准时赶到而经受了地狱般的折磨。

皮特里赶忙上前,打开外边的大铁门。

"还来得及吗,皮特里?"克里克气喘吁吁地问道。

"差不多吧，先生，不过我看见有人从里面出来，听说案子对奈杰尔爵士不利——可怜的小伙子。嘿，多洛普斯……"

多洛普斯却跟着他的主人走了，胳膊夹着一捆巨大又丑陋的东西，像个用牛皮纸包起来的炉管。他直接走进法庭，并没有对老朋友作什么表示。皮特里对此感到很受伤，他慢慢走回自己的位置，脸上再也笑不出来。而克里克急匆匆地穿过拥挤的法庭，凭着他的名声，那些早该拦住他的法庭干警，直到他到了法官席前才让他停下来。陪审员们一个挨一个坐着，正在整理材料。一顶黑帽子放在格兰杰法官先生的眼镜旁边，这是个不吉利的象征，反映在那个脸色苍白的人身上，那人站在被告席上，正等待着对他生命的判决。

克里克一眼看过这一切，开始说话。

"阁下，"他对着法官说，法官也挑眉看着他，"我能在庭上发言吗？"律师们站了起来，对克里克的打断很是震惊，不知道他要说的话是对起诉方有利还是对辩护方有利。法庭书记员站在那里呆若木鸡，这个人竟敢打断庄严的法律进程，得叫法庭干警把他赶出去。所有人都屏息静气地站着，被克里克的力量给震慑住，又或者是对法官的态度不确定。

一个紧张的停顿后，一个声音打破沉寂："你可以发言。"

"阁下，请法庭允许，"克里克说，"我有证据能挽救这个人的生命，我要求在法庭上展示。"

不像美国法律，英国法律非常严厉，不允许律师阻止反对意见和技术论证，在场律师受此威慑，没有任何行动。他们知道克里克，也知道他们这么有理有据呈送的案件要遇到危机了。

"这种事情可是少有的，先生，"法官最后说道，"而且你显然迟到了，陪审团已经做出了决定，陪审长正要宣布判决结果。你要说的是什么呢，先生？"

"阁下，我要说的很简单，"克里克转过头，"被告栏内的嫌犯——"他指着莫里顿，一听见克里克的声音，莫里顿就转过了身，呆滞的眼中突然浮现一丝希望，"是无辜的！我有确凿的证据。而且——"克里克转了一圈环视一下法庭，"我请求阁下您，立即下令不要让任何人离开这里，此案嫌犯的教唆者就在我们眼前。可能您不认识我，不过我调查这个案子已经有些时间了，而且我是伦敦警察厅纳克姆先生的同事。我的名字是克里克，汉密尔顿·克里克。您能允许我继续吗？"

法庭里一阵窃窃私语。法官点点头，克里克的大名不需要人介绍。

"请各位陪审员坐下，"法庭宣布道，"书记员会传唤克里克出庭作证。"

例行公事之后，法官指出他会亲自讯问这个最后一刻的关键证人。

"克里克先生，"法官开始说道，"你说这个人是无辜的。我们要听听你的陈述。"

克里克向站在法庭后方的多洛普斯示意，多洛普斯马上夹着一个又长又丑的东西，挤过人群来到主人的身边，同时，法庭后方发生一阵骚动。有着这个神奇名字的最神奇的男人——汉密尔顿·克里克侦探——已经预料到会发生什么。有人用尽全身力气推门，不过门已经被锁起来了，警卫哈蒙德已抓住了那个人的手。

克里克早就知道——不过当下他什么也没说——人群把那人挡住了，看不到是谁。克里克只是示意多洛普斯把东西放到桌上，然后又开始说话。

"法官大人，"克里克清楚地说，"能不能请法庭帮个忙？如果您能把本案所有的证人同时传唤上庭，我会很感激的。如果您愿意的话，可以让他们排成一排，但是请马上传唤他们……谢谢。"

法官示意书记员，接着低沉的声音便布满安静的法庭："安东尼·韦斯特、威廉·鲍金斯、莱斯特·斯塔克、古斯塔夫·布雷列尔、安托瓦内特·布雷列尔小姐、巴塞洛缪医生……"以及证人名单上的其他人等。每念出一个名字，就有人上前站到法官面前的高台上。

"很不寻常的程序啊，先生，"法官再次把眼镜架到鼻梁上，皱眉看着克里克说道，"不过，鉴于是你……"

"十分感谢您的宽容，阁下。那么，全都在这儿了吗？"克里克突然转过身，审视着这奇怪的一列队伍，"很好，至少每个人都在这儿了。现在没人有机会溜走了。那么开始吧。"

他转向桌子，行动中带着压抑的急切，一阵激动的低语声掠过场内。他快速地撕下那个长长的像蛇一样的东西的包装，拿起里面的一个东西给法官看。

"请您看这个，"克里克响亮清晰地说道，声音传至这个长形法庭的后面，"您可能知道，先生，这是一块电管，是用于安全运输精密的电线装置的，这样在从工厂运往——代售处的时候电线就不会损坏。我想您应该愿意看看这些电线——"他打开一个电管的连接处，一端朝下竖起来，从狭窄的壳里面，一堆金币哗啦啦撒在地上，跳过桌子掉在惊讶的书记员面前。

法官突然坐了起来，揉了揉眼睛。

"上帝保佑我的灵魂！"他说完便陷入了沉默。奈杰尔·莫里顿爵士的眼珠震惊得几乎要从眼眶里跳出来，法庭里每个人都张着嘴巴。

克里克笑起来。

"真让人吃惊，不是吗？"他微微耸了耸肩说道，"您肯定在想这些与本案有什么关系。嗯，我会一一讲明白。您看这些金币，仔细地叠起来塞满一个小电管——还有几千个电管也被这样塞满了金币！索尔特弗利特那家工厂拥有着巨大的财富！纳克姆先生，"他扭过头，高兴地盯着警长，"那些银行劫匪现在怎么样了？我跟你说过线索会出现的，你看这不是来了。我们已经发现了这些金币的藏匿点和这整个不幸事件的主使人。剩下的就很简单了。"他突然走向那排证人，眼睛在一张张脸上扫视着：韦斯特满脸通红，巴塞洛缪医生脸色苍白而紧张，鲍金斯站得笔直，脸色发白，表情害怕。接着，他突然往前一跳，抓住一个人的肩膀，得意地大声说道：

"就是你！"

接着，众人惊讶的眼前站着古斯塔夫·布雷列尔，他在克里克牢固的钳制下扭动着，用佛兰德方言愤怒地叫喊，若语言能杀人的话，克里克早就血溅当场了。

人群突然喧嚣起来，人们纷纷往前挤，想要看得、听得更清晰，他们大声地叫嚷、谴责、批判。法官摆了摆衰老的手，最终让现场安静下来。安托瓦内特·布雷列尔走上前去抓住了克里克的手臂。

"不可能的，克里克先生！"她凄惨地说，"我跟您说我叔叔是最好的人，真的！他绝不会做你所说的这些事的，而且……"

"是最可恶的魔鬼才对！这点我可以完全肯定，我亲爱的小姐，"克里克冷酷地笑着回答道，"对你，我很抱歉，非常抱歉。不过作为补偿，至少你的未婚夫会被释放，你也能得到些安慰了。警官，抓住这个人。我们现在可以来说说到底是怎么回事了。抓住他，快点抓住他，再没有比他更狡猾的人了。好了，奈杰尔爵士，没事了，孩子。坐下来，这会是个很长的故事，但必须让大家知道。给证人们拿几张椅子，警官，另外也不要让他们中的任何人离开，我想让他们听完整件事。"

他的姿态迅速从容，好像突然就掌控了全场。而且，知道了他是汉密尔顿·克里克，知道克里克会用他自己的方法，格兰杰法官选择了最明智的做法——由他去做吧。

当一切准备妥当，克里克开始叙述。他是全场唯一站着的人，那笔直而细瘦的身躯，满含着可控的力量和能量，这常常是一台小而完美的机器所拥有的。他向法官鞠了个躬，动作有些夸张，接着他把一只手放在书记员的桌上。

"现在，您自然是很想听故事了，"克里克轻快地说，"我会尽可能说得简洁些。不过我得提醒您，要讲的事情很多，而且之后伦敦警察厅需要做一些工作，可能比他们会关注的还要多，不过那又是另一个故事了。从所有迹象来看，法官大人本来准备宣判嫌犯犯了谋杀罪——而他其实是完全无辜的。您已经听过莫里顿的故事，相信我，他说的每个字都是真的——虽然旁证与之相左。

"首先，戴克·韦恩是在那个人的教唆下，被人用枪击穿太阳穴的，"克里克指着布雷列尔，后者脸色苍白地站在两个警员之间，"卑鄙的枪击。很多其他人也是以同样的方式被杀害的。因为他们冒险在晚上穿过沼泽地，有可能会发现这个人有趣的午夜行动，这是他不想看到的。对他这样的人来说，人的生命与生命所能生产出的东西相比，一钱不值。男人和女人只是他达到目的的工具，而那个目的，就是增加他个人的财富、推动他个人的未来发展。这就是史前人类自私自利的缩影，不是吗？他与下一个要上来的人联合起来，从死者身上偷走了他所谋取的一切。噢，这绝对是个好故事，我向您保证！

"偷走了什么呢，阁下？冰封火焰又与这一切有什么关系呢？答案简单得就像一二三。冰封火焰，或者说再自然不过的沼气现象——对于这个我不想过多解释让您厌烦——从沼泽地有植物严重腐烂的地方升起。那么这个人类恶魔又做了什么让这种自然现象为己所用呢？村民们一直迷信这些火焰，但他们从来没有特别注意它，直到布雷列尔用手段让冰封火焰的故事在村民中传播开来。

"接着，一个人，比其他人都勇敢，冒险前去——结果再也没回来。人们开始相信这个故事，甚至少数教育程度较高的人也开始相信。又一个人不赞同大众的观点，同样冒险前去，而他，也同样不知所踪。布雷列尔的受害者名单——当然人们都猜想他们是被冰封火焰烧掉了——在四年里变得相当长，他就是用这些人来掩盖自己的卑劣行径。一些守卫拿着枪在那块沼泽地上巡逻，我曾在一天晚上亲眼见到一个守卫，他在看到陌生人的第一眼后就拿出了武器。同时，在冰封火焰的掩盖下，银行劫匪们用汽车把黄金运过来，用麻袋装着藏在一个地下通道网里。我已发现了这个地下通道，并走过了。通道迂回曲折，既通向索尔特弗利特的一块靠近工厂的田地，又通向莫里顿塔楼庄园的后厨房。

"必须承认，发现这一点时，我对奈杰尔爵士的清白非常没有信心。但继续搜查又让我发现了另一条通道，直接通往韦瑟斯比庄园的书房，那是布雷列尔的地方，通道口就藏在壁炉前的方形地毯下。真是个好地方，大大方便了我们这位朋友进行他的好工作。用几句话来描述就是，他在书房不想被人打扰，锁上门，移开地毯，然后——目的就达到啦！他不用担心任何人窥探就能查看事情的进展，就能亲自管理藏匿黄金。而在外面的沼泽地上，人就像老鼠一样被杀死，就因为有一两个人选择运用智慧，想找出冰封火焰到底是什么。他们的确找到了，可怜的人们，而他们的遗孀再也等不到他们了。

"您会问，他怎么处理那些黄金呢？答案就是，运出去，通过一家电器厂制造电管及配件运出去，然后借口有问题又大批运回来。金币就像你们刚刚看到的那样藏在里面，晚上用渔船运出去，装载量都低过了水位线——我曾帮他们装过船，所以我知道——运到比利时后，他那同样值得称赞的哥哥阿道夫，接收电管，然后又以数量错误的理由运回去。看这里——"他停了一会儿，走上前去，从桌上拿起另一个电管，松开一个连接处，然后举起来给大家看。

"看见里面的东西了吗？这是钨。可能不是所有人都知道什么是钨。嗯，钨是一种从地下开采出来的贵重的商品，常常用于制造电灯。我们的朋友阿道夫，就像他弟弟一样，脑筋也是七拐八弯的。他没有留着那些电管，而是借着数量错误的由头，把它们装满钨又退回去，这些钨来自比利时世界第一的著名钨矿。这样，东西运过来就完全不用关税。而我们这边的朋友就负责卸载，再把原材料提供给城里一两家公司，交易都以乔纳森·布伦特的名义进行（你看我已经搞清了全部事实，布雷列尔），这也是他在电器厂使用的名字，以此来遮掩他另外的贸易思路。很聪明，对吧？"

法官点点头。

"我想您也是认同的，阁下。即便是犯罪，也有它聪明的部分，而且罪犯也往往有着世上最聪明的头脑。

"我说到哪儿了？啊，对了！把东西运到比利时。您看，这就是布雷列尔聪明的地方。他知道如果他的银行账户里突然出现这么多金子肯定会引起怀疑，尤其是在银行劫案又如此频繁的时候，所以他决定把金子运到国外，这样更安全，英国黄金的汇率很高，他就是这样赚钱的。事实上，他抓住了所有事情。"克里克笑道，"不过现在我们抓住了他，法律会让他付出代价的，以钱抵钱，以命抵命。布雷列尔，当你雇用那两个陌生工人的时候，你的财富就到头了。或者，更准确地说，是你的同伙为你雇了那两个人。你不知道他们就是克里克和他的手下，对吗？你不知道我们到工厂工作的第二天，就发现了索尔特弗利特路外田地里的那个秘密通道；你不知道当你和你的手下吉姆·道博斯——你的员工都叫他'卑鄙吉姆'——在黑暗中走下地道时，我们就藏在一堵墙边，墙的对面就是第一个堆着金币麻袋的小橱柜。虽然我没看见你，但你的声音让我觉得熟悉。这些你都不知道，是吗？嗯，可能这样也好，不然我现在就不能在这里讲故事，也不能将你绳之以法了。"

第二十七章　揭开谜底

"看在上帝的分上，不要再残忍地冷嘲热讽了！"突然，布雷利尔声音嘶哑地说道。这时，法官起身阻止他打断克里克，敲着锤子要求保持肃静。

"你从未想过上帝的子民会残忍地对你冷嘲热讽，因为你正卓有成效地残害他们。"侦探继续说道，他虽是对着法官说话，可话锋直指布雷利尔，每个字都如芒刺般锋利，每句话都比前一句传达出更多的鄙视。"你没有想过，不是吗？噢，当然没有！你从未想过那些破碎的家庭和哭泣的妻子，心碎的母亲和没了父亲的孩子。这些你从不考虑。如果传言是真的——这次我相信是真的——你甚至杀害了一个手无缚鸡之力的妇女，她鼓起勇气去沼泽地，只是想看看那些火焰究竟是什么而已。可是，法官大人，这个人竟然还在这里祈求怜悯！"

他顿了顿，疲倦地擦了擦额头。讲述案情并不轻松，看到安托瓦内特的泪眼更让他觉得艰难了。不过他不能有任何保留，这样才对被告席上的人公平、对他捍卫的律法公平。正是为了捍卫律法，他才解开了这起初看似无解的谜题。

这时，法官说话了。

"法庭向你表示祝贺，克里克先生，"他用优美洪亮的嗓音说道，"为你在本案中所做的细致出色的工作。相信我，法律会感激你的，作为法律卑下的代表，也对你表示感谢。然而，请允许我问几个问题。首先，在你继续讲述案情之前，请解释一下该嫌犯的说法。他说，传说只要有了新的受害者，受害者就会消失得无影无踪，而且火焰中间会出现一束新的火焰。嫌犯声称这是真的；事实上，他还发誓，说戴克·韦恩被害的那天晚上他亲眼看到了。说实话，听了他的话，我强烈怀疑他的诚实。你能解释一下吗？"

克里克反常地微微一笑，点点头。

"可以。我发现通往沼泽地的秘密通道后不久——对了，通道的入口有一片被烧焦了的草地，圆桌大小（你还记得吧，多洛普斯，我当时还问你有没有注意到什么？），要是眼睛足够敏锐，可以看到，抬起草皮，下面就是一个活动板门——我和多洛普斯进行了另外一次调查。我们打定主意，冒着被戒备的守卫袭击的危险，也要到后面亲眼看看那些火焰。我们是这样做的。我们碰巧避过了守卫，没被发现，我们至少知道了邪恶计划的一部分，来到火焰附近，我们没有看到任何人，就趴到地上，用折叠小刀往下挖。"

"你是怎么想到这个计划的？"

克里克笑了笑，耸了耸肩。

"因为，我有一个推论，您看。就像您一样，我也想查明莫里顿是否真的看到了新火焰，而这是唯一的办法。那里有大量的沼气，小小的火焰并不发热，这您也知道，当然，我们的朋友布雷利尔也正是根据这点为它们取了一个戏剧化的名字，不过，我猜莫里顿看到的火焰应该更大。我也注意到，在火焰中，零散地分布着一些异常明亮的火焰。而我们用小刀挖到了东西。多洛普斯正挖着，有东西突然爆裂了，我们感到一股烟雾吹到脸上，就跳起来，迅速抬起胳膊遮挡眼睛。等烟雾退去了，我们重新开始挖掘。小刀刺破了一个装满气体的袋子，袋子是埋在土里的。正是因为这个，火焰才更大更亮。而奈杰尔爵士在韦恩失踪的那天晚上看到的就是这样的火焰。还是这个设计更聪明，不是吗？我真想知道是谁最先想出来的。"

他慢慢转过身，面对那排坐着的证人。他又把他们挨个看了一遍，直视每个人的眼睛，最后，他突然停住，指着脸色苍白的鲍金斯。

"很可能就是他杀了戴克·韦恩，"他若无其事地说道，"他是布雷利尔的左膀右臂。他头脑很灵光，本可以有其他更好的用途。"

法官抱着胳膊，往前欠了欠身子，他用笔指着鲍金斯。

"你是说，这个人是这个阴谋的一环，克里克先生？"他问道。

"是的，而且是很重要的一环。不过，还是先让我解释一下，要不是鲍金斯渴望报复他的主人，这个恐怖的计划也不会露出马脚。韦恩就会像平常那样消失，就像后来柯林斯那样，那个迷信一般的恐惧也会继续存在，直到费奇沃斯再没人敢去调查那些火焰。然后，工厂的工作也会继续，只不过员工数量可能会有所减少，因为不需要那些手持左轮手枪的横暴的窃贼了。这就是这个大魔头想要的最终结果，不过永远实现不了了。"

"嗯。在讲鲍金斯之前，你能说说是怎么弄清楚这些的吗？"

克里克欠了欠身。

"当然，"他回答说，"这是合法的权利。不过我能保证我的证据都是真实可靠的，法官大人。您看，这都是我亲自找到的。鲍金斯让我和多洛普斯作为新人进入工厂，我们才有了大把的机会亲自调查这个问题。"

"苍天有眼！我从未让你们进入工厂！"这时，鲍金斯喊道，他的脸好似一块新烤的面包，"你这个骗子——你就是个骗子！要把一位无辜的人拉进一个可怕的事件。我从来没有招过你们这样的人！"

"没有吗？"克里克无声地笑了笑，"往这看。还记得牙买加的比尔·琼斯和他的小伙计萨米·罗宾逊吗？"他扭动身体，把手放进口袋，拿出那个让多洛普斯艳羡的黑色胡须，粘到上嘴唇上，然后从另外那个口袋里掏出一个方格软帽，戴在头上，从帽檐下面凝视鲍金斯。"怎么样，伙计！"他用刺耳的伦敦腔说道。

"我的天啊！"他气喘吁吁地喊道，双手捂着眼睛，看到克里克超凡的能力，不敢相信自己的眼睛，"确实是比尔·琼斯！天啊！你是魔鬼吗？"

"不，我只是一个普通人，亲爱的朋友。不过你现在想起来了，嗯？好，那就不需要胡须了。"法官深知，克里克素来不大理会法庭上的礼节。看到他有损颜面的行为，法官皱了皱眉头，举起锤子，打算要求肃静，另外也可能是训斥克里克的戏剧性行为。不过这时，克里克似乎对自己的表演挺满意，摘掉帽子和胡须。他又转过身，面对着法官。

"法官大人，"他沉着地说道，"您已经见过比尔·琼斯了，萨米·罗宾逊的扮演者在那儿。"他指着多洛普斯说，"这个人，鲍金斯——或者皮戈特，他在干'私活'的时候叫这个名字——把我和多洛普斯招进了工厂，填补两名工人的空缺，他们都因为太多嘴，很快受到了惩罚，天知道那是什么惩罚！我们在那儿干了不到两个星期。多洛普斯向来擅长和对的人交朋友，这次他认识了其中一个人——我已经提到过他了——吉姆·道博斯。最后他让多洛普斯过去帮忙，往船上装货，这让他有机会挣点加班费，但是要对这件事守口如瓶。我也设法得到了那份工作，在那两个星期里，我们干了三次——不过说实话，那活不轻松。不过我觉得证据很重要，所以，受雇于'老板'期间，我们调查了好几次。工作期间，我做了这张秘密通道各个路口的草图，并标明了路口指向的目的地。看了之后，您就会对那里有更清晰的认识。"他把草图举到高大的桌子前，停在那儿，好让戴眼镜的法官仔细审阅，"莫里顿塔楼庄园和韦瑟斯比庄园下面的地下通道——刚好邻近那片沼泽地，就被布雷利尔利用起来了——年代非常久远了，大概内战的时候就有了。"

"我不知道是谁想到把两条通道打通的，也不知道鲍金斯是什么时候开始受雇于布雷利尔，并潜入那个他为之服务了二十年之久的家庭的。不过，事实就是这样。他们打通了两条通道，并费了大力气另外挖了一条通道，直通到工厂后面的索尔特弗利特街。这样，就形成了一个小型地下交通网，方便他们进行这个罪恶的勾当。"

"那你怎么知道布雷利尔就是你说的'老板'？"这时法官问道。

"我们干活的时候，他刚好去了工厂。有人说，'哎呀！老板来了！很奇怪，他怎么这个时候过来——他平时都喜欢晚上来的。'尽管已经发现通道通往韦瑟斯比庄园，但是看到老板的真面目，我还是难以自制。我发现乔纳森·布伦特在伦敦利德贺街上有间合法公司，但是我还没想到布伦特和布雷利尔就是同一个人。看到他之后，我就知道了。那之后，我就没再浪费时间。我们费了很大力气才神不知鬼不觉地逃出来，并把伦敦警察局叫了过来。我敢说，他们现在应该已经到那里，把所有人都控制起来了（我希望他们把黑胡子留给我来对付）。所以今天的听证会我来晚了。您应该可以理解，根本不可能来得更早。"

法官点点头："那你对鲍金斯的指控？"

"我的指控很严厉，"克里克说道，"正是鲍金斯——毫无疑问，蓄谋已久——利用他老板的工作，陷害奈杰尔·莫里顿爵士，使他被判为杀害戴克·韦恩的凶手。您已经看过那把左轮手枪，因为它特殊的样式，那把枪成了这出可怕的惨剧中的主要证据。这把才是真正的凶器。"

他从口袋里拿出那把袖珍手枪，举起来放到法官伸出的手上。法官看到手枪，不禁喘了一口气。

"和嫌犯的枪一模一样！"他近乎激动地说道。

"是的。您看，同样是法国制造。而这把枪，是布雷利尔小姐的。"

"布雷利尔小姐！"

拥挤的法庭里一片骚动，之后又安静得可以听到大头针掉落的声音。

"是的。她说她总是把它和一些文件一起锁在写字台一个不用的抽屉里。她几个月没管它了，那天，她碰巧要查看其中一份文件，就打开了抽屉。她注意到里面的左轮手枪。她知道她的未婚夫奈杰尔·莫里顿爵士也有一把同样的手枪，而且在这个案子里有着举足轻重的作用，她就拿出手枪，漫不经心地看了看，结果发现一颗子弹不见了。这让她感到非常诧异。后来我问起她手枪的事，问完之后，她把枪拿给死因裁判官——当时，布雷利尔先生已经解释过了——他又把枪还给她，说这把枪跟本案无关。当时她告诉我，说她不记得她叔叔跟她说过用枪杀狗的事。这是一个小细节，不过非常重要。"

"你是说鲍金斯用这把手枪陷害嫌犯吗，克里克先生？"

"我是说，法官大人，戴克·韦恩就是被您手里的那把手枪杀害的。我推测，具体情形是这样的：鲍金斯憎恨他的主人，不过这其中的来龙去脉跟本案无关。那天晚上，奈杰尔和韦恩争吵，他就在门外偷听，知道了当时的情形，就像他自己所说的那样，觉得如果照那样发展下去，奈杰尔爵士和韦恩先生之间很快会有麻烦。因此，得知韦恩先生发酒疯，去沼泽地调查火焰之后，鲍金斯就有了这个主意。他知道主人的左轮手枪，也经常看到奈杰尔爵士睡觉的时候把枪放到枕头底下。他看到了一个千载难逢的报复机会。他一定也知道，布雷利尔小姐也有把左轮手枪，不然干吗非要在那天晚上用这把手枪，而不用布雷利尔手下的守卫拿的那种普通左轮手枪呢？可以肯定的是，可怜的柯林斯就是死在了那种普通的左轮手枪的枪口下。所以我们认为他知道这把手枪的存在，听说韦恩去调查火焰了，他就快速来到塔楼庄园后面的厨房。一个仆人告诉我，因为'里面又黑又潮，让人毛骨悚然'，仆人们很少使用这个厨房。所以他很顺利地到了厨房，同时，他还熟知——他经常使用——通往韦瑟斯比庄园的地下通道。我还不知道他把自己的计划告诉了哪个守卫，不过我们把所有人都抓起来了，稍后会找到答案的。反正，他肯定是把自己的复仇计划告诉了别人。而且计划成功了。杀害可怜的韦恩，用的就是韦瑟斯比庄园的写字台里那把许久未动的手枪。我没能找到藏匿韦恩以及后来柯林斯的尸体的地方，不过我非常确定，两人的尸体是故意转移出来，给我们找到的。必须让人找到韦恩的尸体，因为他脑袋里的子弹是从布雷利尔小姐的左轮手枪里射出的。这是陷害奈杰尔爵士的阴谋的一部分。他们把尸体转移到沼泽地上被我们找到的地方，从这点我们可以看出这个阴谋多么险恶。"

克里克突然转向鲍金斯，他正低着头，脸色煞白地站在那里，紧咬双唇，两手紧紧地攥在一起。只有克里克的说话声打破鸦雀无声的法庭里的宁静。他吃了一惊，抬起头来，张着嘴巴。

法官抬起手。

"这是真的吗，鲍金斯？"他询问道。

鲍金斯脸上泛起了紫红色，非常难看，好像中风要发作了。

"是的……你们这帮该死的……是的！"他狠毒地回答，"我就是那样做的……天知道他是怎么知道的！不过游戏结束了，说谎也没意义了。"

"再正确不过了，"克里克回答说，脸上带着胜利的微笑，"我得承认，法官大人，有一点我还不太确定。鲍金斯已经确凿地证明我的推论是正确的，我必须说，我欠他一份情。"这时，他的脸上又露出了胜利的微笑，"关于本案，我还有一点要说，然后，我就把它交到强大得多的法官大人您的手里。"

"我之所以不相信左轮手枪的说法，是因为检查一下就能看出，布雷利尔小姐的手枪太干净了，还擦过油，不可能是五个月没用了。凶手为了保证手枪能用，进行了清理和擦拭，并重新擦了油。所以，'用手枪杀狗'的说法不攻自破。剩下的就很容易理解了，知道了鲍金斯和他的主人的关系（是从两方面了解的），我就慢慢地把事情串起来了。刚刚，鲍金斯非常和善地告诉我，说我的答案是正确的。不过。我得说，事情的发展确实对他非常有利。那天晚上，奈杰尔爵士开了一枪，这对憎恨他的鲍金斯来说完全是运气。这让他设计陷害奈杰尔爵士的工作容易多了。如果奈杰尔没有开枪，我不知道他是不是要偷出左轮手枪然后朝着冰封火焰开火——而奈杰尔爵士已经为此受到了残酷的审判。不过可以肯定的是，他会那样做的。那个可怕的晚上，运气比较青睐他，不过现在好运气已经不在了。他的所作所为葬送了自己。如果他没有因为主人跟自己不一样就怀恨在心，并把这深藏在内心的憎恨发泄出来，我们可能也不会发现这个可怕的阴谋。

"法官大人，陪审团的各位先生，案情就是这样。正义已经在一个无辜的人身上得到伸张，接下来就看你们的裁决了。请允许我坐下。"

他的声音慢慢退去，法庭里一阵交头接耳，声音就像渐渐飞近的飞机轰鸣声，越来越大。克里克身后传来压抑着的抽泣声，他回头对着安托瓦内特湿润的眼睛笑了笑。她的眼里，感激和难过交织在一起，难以言表。他朝她伸出手，她不顾在场的法官和陪审团，也不顾法庭的秩序，站起身朝他跑来，她在他身边跪下，用温热的嘴唇亲吻了他的手。

第二十八章　黎明之前

　　克里克纽扣孔里的鲜花欢快地竖立着，他那一尘不染的着装，与整个场景的所有细节都完美契合。他看看四周，完美地塑造出一个花花公子的形象。只有他的眼睛有所不同，因听到婚礼进行曲而眼眶湿润，因提到在场的一个人而发亮。克里克从他的位置走向圣坛（他要履行作为奈杰尔·莫里顿爵士伴郎的义务），回过头，透过肩膀的线条看向一个女孩坐着的地方，弯身向前坐在长椅上，女孩儿的脸神采奕奕，眼睛在帽檐的弧线下满含泪水……克里克看向她时，她点点头，微笑着，共同度过未来的诺言，让她甜美的嘴唇弯成优雅的女性的线条。她身后坐着多洛普斯，身穿黑白相间的华丽服装，像平时一样警惕，他忠诚地注视着协助进行婚礼仪式的克里克。庆典会把她那像污点般的姓氏永远抹去，因为她和那个让她心生痛苦的人曾拥有同一个姓氏。

　　……接着仪式就结束了。听着欢声笑语，克里克的眼睛又湿润了。安托瓦内特被丈夫拥着走下小小的走道，泪水无法抑制地流满脸颊，泪与笑混杂在脸上就像阳光照耀在她幸福的脸庞。他们出来时，克里克在走廊上等着。他向两人伸出手。

"祝你们好运，上帝保佑你们，"他说，"这是个合适的结局，莫里顿，新的灿烂生活现在开始了。"

　　"我所拥有的每分每秒的快乐时光，都是我欠你的，克里克先生，"奈杰尔爵士回答道，声音深沉而幸福，"只有时间能表达我的感谢。"

　　克里克鞠了一躬，他的手突然伸向艾尔莎·罗恩，她刚才偷偷走到克里克身边，克里克紧紧抓住她的手。"我知道，莫里顿。可能未来有一天我会有求于你……谁知道呢？……来参加我一个类似的庆典吧，纳克姆先生已经答应做伴郎了，如果他忧思过重，多洛普斯会鼓励他。现在，要与你说再见了——祝你们幸福。我们会去塔楼庄园看你的，莫里顿。再见了，你们两位。"

　　车门关上，引擎发动，多洛普斯跳回来，那对新人就离开了。多洛普斯突然转过身，看着克里克和艾尔莎站在门廊的阳光下，而纳克姆先生在他们身后静静地笑着，然后，开口说道：

　　"天哪！这到底是婚礼还是葬礼？我真不知道。你们刚刚哭得就像得了感冒的大傻瓜。等你结婚的时候，长官！如果你不让我加入你们的蜜月，我会飞速跑到你门前的！……以及谢天谢地，总算摆脱那些坏家伙了！"